grafit

Die Informationen der ›Randnotizen‹ entstammen verschiedenen Quellen, u. a. *Buch und Buchhandel in Zahlen 2013* (hrsg. vom Börsenverein des deutschen Buchhandels), diversen Ausgaben der Zeitschrift *Börsenblatt*, Reinhard Wittmann: *Geschichte des deutschen Buchhandels*, München 1991, wikipedia.de, focus.de, tatsachen-ueber-deutschland.de


Chemnitzer Str. 31, D-44139 Dortmund
Internet: http://www.grafit.de
E-Mail: info@grafit.de

Umschlaggestaltung: Peter Bucker
Druck und Bindearbeiten: CPI – Clausen & Bosse, Leck
ISBN 978-3-89425-440-7
1. 2. 3. / 2016 15 14

# Lies oder stirb!

## Mörderisches aus dem Bücherdschungel

Kriminalstorys

grafit

# Inhalt

1457 erfolgte die erste Datierung und Verlagsangabe in einem gedruckten Buch. 1671 wurde in Königsberg das erste bekannte Buchhändlerexamen abgelegt. Heute gibt es etwa 2.200 Verlage und rund 4.000 Einzelhändler, die Bücher verkaufen.

*Ralph Gerstenberg*

## Peter Plus Pascal

Am Morgen des 28. Juli um fünf Uhr sechsunddreißig öffnete Gabor die Hintertür des Ladens in der Danziger Straße. Das Sicherheitsschloss der Firma ABUS hatte seinem Pickset nur fünfundfünfzig Sekunden standgehalten. Bevor er die Tür hinter sich zuzog, vergewisserte er sich, dass im Treppenhaus alles still war. Er atmete auf und ein – zum ersten Mal diesen Geruch aus Staub und Papier, Schimmel und Poesie. Ein kleiner Flur mit einer Garderobe, der zugleich als Lager genutzt wurde, ebenso wie die Küchennische, in der allein eine Espressomaschine sowie ein Plakat mit der Aufschrift *Bücher sind Lebensmittel* die Kistenstapel überragten. Gekocht wurde hier nicht, so viel stand mal fest.

Den Verkaufsraum hatte Gabor während seiner Recherche schon häufig betreten. Allerdings durch die Vordertür. Er kannte den Tisch mit der Stapelware, den Gummibaum neben der Antiquariatsecke, das Regal mit den Kinderbüchern, die alphabetisch geordneten Romane, die Drehständer mit den Krimis, die aufgereihten Biografien und Reiseführer, selbst den Bestand an Kochbüchern hatte er bereits erkundet, als er in den vergangenen Wochen ein wenig zu oft hier aufgekreuzt war, um unauffällig zu wirken, wie er befürchtete. Nur deshalb und weil er mit Peter Plus, dem Ladeninhaber, ins Gespräch kommen musste, hatte er sich einen Roman über zwei bescheuerte Teenager, die mit einem geklauten Lada Niva durch Ostdeutschland cruisten, aufschwatzen lassen, einen Stadtführer von Barcelona, wohin er Reiseabsichten zu haben vorgab, ein Kinderbuch für seine nicht vorhandene Tochter, das er auch beim dritten Durchblättern nicht verstanden hatte, sowie ein Buch über die Bepflanzung von schattigen Gärten, weil er, einer spontanen Eingebung folgend, den Anschein erweckt hatte, leider, ja, leider einen solchen zu besitzen. Letztere Behauptung bereute er umgehend, als er erfuhr, dass der gar nicht mal so opulente Bildband, den Peter Plus nicht bestellen musste, sondern von hinten, vielleicht aus der Küche, holte, neunundvierzig neunzig kostete – Geld, das Gabor nicht besaß, dessen Nichtbesitz ihn in diese Buchhandlung trieb, das er dennoch nun ausgeben musste, um weiterhin als geschätzter Kunde seine Recherchen betreiben zu können.

Das Schloss an der Ladentür war ein Witz. Gabor hatte es aufgebrochen, ausgebaut und durch ein neues ersetzt, bevor ein verpeilter Frühaufsteher oder Spätheimkehrer die Ladenfront passiert hatte. Die Gegend war ruhig geworden, seitdem sich Wohlstandserben, Parvenüs und Investoren aus aller Welt zunächst sämtliche Immobilien, die über Stuckdecken und Dielenböden verfügten, unter den Nagel gerissen hatten, danach alle anderen. Das Nachtleben war eingeschlafen. Der Berufsverkehr begann kaum vor sechs Uhr dreißig. Die Leute, die jetzt hier lebten, fuhren nicht zu Produktionsstätten, sondern in Büros oder Studios.

Gabor hatte sich seinen Thermoskannenkaffee eingeschenkt und beobachtete bei einem Klappbrot mit ungarischer Salami ein paar Hundehalter, die vor Arbeitsbeginn ihre werktagsüber in der Wohnung kasernierten Vierbeiner ausführten.

Die Morgensonne färbte bereits das Trottoir, als Gabor das Projekt, wie er es nach wie vor nannte, noch einmal infrage stellte. Bislang hatte er Urlaubsvertretungen bei einem Keramiker, in einem Schuhladen, bei einem Hutmacher und in einem Schnickschnacksouvenirgeschäft absolviert. Durchaus erfolgreich, wie er nicht ohne Stolz resümierte. Niemals hätte er sich auf eine Buchhandlung eingelassen, wenn nicht seine finanzielle Situation schnelles Handeln erforderlich gemacht hätte. Zudem waren die Konditionen einfach so gut, dass es beinahe sträflich gewesen wäre, eine solche Gelegenheit ungenutzt verstreichen zu lassen. Seit mittlerweile drei Jahren suchte sich Gabor in den Sommermonaten Geschäfte aus, die im Wesentlichen drei Bedingungen zu erfüllen hatten: Sie mussten sich an Orten befinden, an denen Gabor niemanden kannte, sie durften erst vor Kurzem eröffnet worden sein, sodass der Ladeninhaber wenig Gelegenheit gehabt haben konnte, persönliche Kontakte in der Nachbarschaft zu knüpfen, und die angekündigte Urlaubsfrist durfte nicht weniger als drei Wochen betragen, damit Gabor ausreichend Zeit hatte, möglichst viel von dem Warenbestand zu veräußern. Die Plus-Buchhandlung verfügte über all diese Merkmale auf vorbildlichste Weise. Peter Plus hatte seine Kundschaft bereits kurz nach der Eröffnung im Mai über seinen vierwöchigen Urlaub in Kenntnis gesetzt – gewiss aus Angst, die wenigen Stammkunden, die er in den zwei Monaten bis zu seinem Ferienbeginn gewinnen konnte, gleich wieder zu verlieren. Aus persönlichen Gesprächen mit dem Buchhändler wusste Gabor, dass dieser die Reise bereits im vergangenen Jahr gebucht hatte, als die Idee, sich mit einem eigenen Laden selbstständig zu machen, noch keineswegs spruchreif gewesen war. Neuseeland – ein Lebenstraum von Peter Plus, ebenso wie der Besitz einer eigenen Buchhandlung. Dank einer Erbschaft hatte er nun beide Träume verwirklichen können. Ein Glückspilz, dachte Gabor und spülte den letzten Rest vom Salamibrot mit etwas Kaffee herunter. Dann bereitete er sich auf seinen ersten Tag als Buchhändler vor.

Zunächst entfernte er das Urlaubsschild aus dem Schaufenster. Obwohl er den Warenbestand schon erkundet hatte, machten ihm die vielen Bücher nach wie vor Angst. Gabor war keine Leseratte. Das letzte Buch, das er innerhalb von wenigen Tagen verschlungen hatte, war eine Autobiografie von Reinhold Messner gewesen, die er in einer Skihütte hatte mitgehen lassen. In seinen Augen das Meisterwerk eines Weisen. Aber Gabor war nicht blöd, er wusste schon, dass andere das anders sahen.

Also beschäftigte er sich jetzt lieber mit der Markise, unter der Peter Plus antiquarische Angebote am Straßenrand präsentierte. Genau in diese Kerbe wollte Gabor mit seiner Verkaufsoffensive schlagen. Nachdem er die Kurbel für den Sonnenschutz gefunden hatte, brachte er zwei Klapptische nach draußen, die er hinter dem Herd entdeckt hatte, sowie Kisten mit Ramschware für zwei Euro, die Peter Plus vor Reiseantritt unter die Stapeltische mit den Neuerscheinungen geschoben hatte. Ergänzend holte Gabor einen Tapeziertisch aus dem alten Lieferwagen, den er um die Ecke geparkt hatte. In ein paar Obstkisten, die er ebenfalls mitgebracht hatte, packte er wahllos Bücher aus den Regalen und fertigte ein Schild mit der Aufschrift *5 Euro* an. Ab zehn Uhr begann die Warterei.

Der erste Kunde betrat gegen halb elf das Geschäft. Er suchte einen Roman über einen Mann, der irgendwoher kam, wo es kalt war. »Der aus der Kälte kam!«, brüllte der Mann immer wieder und immer lauter in den Raum hinein, als würde dieser wahrscheinlich völlig durchgefrorene Mensch irgendwo hinter den Drehständern lauern. Dabei waren es mittlerweile bestimmt schon über fünfundzwanzig Grad im Raum. Er bräuchte diesen Roman unbedingt, meinte der Kunde. Er habe davon geträumt und müsse der Sache auf den Grund gehen.

Gabor empfahl ihm die Biografie von Reinhold Messner. Die sei zwar, leider, leider augenblicklich nicht vorrätig, aber er könne sie natürlich bestellen. Der Mann wurde ruhig und verließ das Geschäft. Gabor war zufrieden. Er hatte zwar nichts verkauft, aber eine 1-a-Beratung mit einem schwierigen ersten Kunden hingelegt, eine Beratung, die vielleicht sogar einen therapeutischen Zweck erfüllte. Das war nicht nichts.

Zur Belohnung genehmigte er sich auf der Straße eine Zigarette und verschaffte sich einen Überblick über die gebrauchten Schmöker in den Zweieurokisten. In einem abgegriffenen Taschenbuch mit dem Titel *Gedanken* von einem gewissen Blaise Pascal fand er einen Satz, der ihm in den nächsten Wochen als Motto dienen sollte: *Freundliche Worte kosten nichts, aber bringen viel ein.* Eine simple Wahrheit, die man vor allem als Verkäufer beherzigen sollte. Während er weiter in dem vergilbten Reclam-Bändchen blätterte, tippte ihm eine junge Frau auf die Schulter.

»Das Buch habe ich dort in der Kiste gefunden. Kostet das wirklich nur fünf Euro?«

»Wenn es da lag«, antwortete Gabor und betrachtete den Umschlag des Werkes, das ihm die Frau entgegenstreckte. Unter dem Schwarz-Weiß-Foto eines jungen Mannes, der aussah, als hätte er für sein Alter ein bisschen zu viel gelesen, stand: *Paul Auster Winterjournal.*

»Ich dachte nur, weil es völlig neu und unbeschädigt aussieht.«

»Was dachten Sie?«

»Na, wegen der Buchpreisbindung«, sagte sie streng. »Muss

es sich nicht wenigstens um ein Mängelexemplar handeln, damit man ein völlig neues Buch billiger verkaufen kann?«

Gabor, der von jeher eine rasche Auffassungsgabe besaß, fragte zurück: »Das heißt, Sie brauchen einen Mangel, um das Buch für fünf Euro reinen Gewissens kaufen zu können?«

»Eigentlich schon«, entgegnete die Frau, die Gabor an seine Deutschlehrerin erinnerte, jene Dame, die dafür gesorgt hatte, dass er noch heute Literatur als Bedrohung empfand.

»Gut«, sagte Gabor, nahm der Kundin das verlagsfrische Exemplar aus den Händen und riss die erste Seite zur Hälfte ein. »Ist nun alles in Ordnung?«

Mit einer Mischung aus Fassungslosigkeit und Entsetzen verließ die Frau den Bücherstand vor der Plus-Buchhandlung.

Gabor packte das Buch zurück in die Kiste und stellte fest, dass freundliche Worte zwar nichts kosteten, aber schwer zu finden waren, angesichts einer unfreundlichen, mit Fallstricken ausgerüsteten Realität, die nicht nur das Handeln, sondern vor allem das Sein der Menschen bestimmte. Er schaute auf das unscheinbare Büchlein in seinen Händen. Mit diesem Pascal hätte er sich gerne mal etwas länger unterhalten. Der redete zwar, das war Gabor schon aufgefallen, nicht gerade wenig von Gott, aber zwischendurch hatte er ziemlich helle Momente, die ihn, Gabor, dazu brachten, über sich selbst nachzudenken. *Ein Mensch, dem niemand gefällt, ist viel unglücklicher als einer, der niemandem gefällt.* Ein Satz wie ein Hammer. Gabor war kritisch, oberkritisch, was die Auswahl der Leute betraf, die er an sich heranließ. Er war ein Einzelgänger, keine Frage, einer, der sein Ding durchzog, dem keiner was konnte, der von niemandem etwas wollte. Spürte er nicht zugleich eine gewisse Verachtung gegenüber all diesen überversicherten, überversorgten und doch unglücklichen Menschen um ihn herum?

Fand er nicht immer ein Haar in der Suppe, einen Grund, jemanden nicht zu mögen? Und dann entdeckte er im Pascal, wie er das lieb gewonnene Büchlein mittlerweile nannte, einen Satz, der ihm den Rest gab: *Allein ist der Mensch ein unvollkommenes Ding; er muss einen zweiten finden, um glücklich zu sein.*

Er hatte noch kein Buch verkauft und machte Mittagspause. Das Geschäft schloss er nicht ab, die Bücherkisten ließ er unter der Markise stehen. Er ging einfach schräg über die Straße in ein Restaurant, das Tagesmenüs anbot, und sagte zu der Verkäuferin: »Ich habe dreißig Minuten Pause und will satt und glücklich an meinen Arbeitsplatz zurückkehren.«

Sie empfahl ihm das Veggie-Menü, er bestellte gratinierte Kalbslende, dazu ein Glas Rotwein, und in dem Augenblick, in dem er die viel zu teure Bestellung aufgab, wurde ihm klar, wie recht dieser Pascal hatte. Gabor war einfach ein verdammter Verächter. Und die Verachtung, die er der Welt entgegenbrachte, machte ihn einsam und unglücklich. Diese Kellnerin zum Beispiel war jung und schön. Jeder Typ hier im Raum schaute sich nach ihr um, wenn sie sich mit Tellern und Gläsern durch die Tischreihen bewegte, jeder gab ihr mehr Trinkgeld als nötig. Gabor hingegen verschwendete keinen Blick und ließ sich das Wechselgeld bis auf den letzten Cent herausgeben. Er hatte nichts zu verschenken, schon gar nicht an jemanden, der ihm Schwachmatenkost aufschwatzen wollte. Doch weil er so dachte, weil er so wenig Gefallen finden konnte an anderen, hatte er weniger Freude im Leben als jeder Einzelne dieser permanent flirtbereiten Familienväter aus den umliegenden Bürogemeinschaften, über die er die Nase rümpfte. Gabor legte ein Zweieurostück auf den Tresen, bevor er das Restaurant verließ.

Am Nachmittag verkaufte er einen Reiseführer über Portugal, ein paar Taschenbücher aus den Kisten und zwei, drei

Krimis. Außerdem nahm er eine Bestellung entgegen, von der er nicht wusste, wie er damit umgehen sollte. Er versprach, das Buch bis Ende der Woche zu besorgen. Den Computer von Peter Plus rührte er nicht an. Er würde sich sowieso nicht einloggen können.

Am Abend in seiner Neuköllner Stammkneipe stellte er fest, dass er an seinem ersten Arbeitstag nicht mal genug verdient hatte, um sein Bauernfrühstück und die drei Biere zu bezahlen, die er dazu trank. Im Bett blätterte er im Pascal, dessentwegen er den ruinösen Buchhandel nicht verfluchte, sondern als Segen betrachtete, als unerwarteten Quell der Selbsterkenntnis. Er schlief ein über dem Satz: *Der Mensch, der nur sich selber liebt, hasst nichts so sehr, als mit sich selbst allein zu sein.*

Am nächsten Tag lief das Geschäft schon wesentlich besser. Der selbst gesetzte Mängelexemplarstempel, den er mitgebracht hatte, um die Fünfeurokistenbücher zu entwerten, wirkte Wunder. Nach und nach traf Gabor beim Zigarettenrauchen auf dem Gehsteig Geschäftsleute aus der unmittelbaren Nachbarschaft: den Eckladenbesitzer, der Armyoutfits und -accessoires verscherbelte, die polnische Fußpflegerin, die Gabor wirklich empfehlen konnte, die Literaten und freiberuflichen Lektoren, die sich aus Gründen der Dynamik und Synergie mit ihren dünnen MacBooks in einer engen Ladenwohnung drängelten, obwohl sie komfortabler, aber eben undynamisch und weniger synergetisch zu Hause arbeiten konnten.

Mittags aß Gabor ein Veggie-Menü im Restaurant gegenüber. Diesmal schenkte er der Kellnerin ein Lächeln. *Du würdest mich nicht suchen, wenn du mich nicht gefunden hättest,* las er im Pascal, während er Zucchininudeln mit Gemüse in Erdnusssoße verspeiste. Wieder legte er zwei Euro auf den Tresen und verließ den Raum, ohne sich umzudrehen.

Nach drei Tagen kannte er bereits einen Teil der Kundschaft: den Mann vom ersten Morgen, der immer ein Buch brauchte, von dem er geträumt hatte, den emeritierten Hochschullehrer, der Pascal für »einen kranken Asketen und Apologeten des Christentums« hielt, die alte Frau, die nur den Kopf hineinsteckte und sagte: »Ach stimmt ja, Peter ist im Urlaub«, die schwangere Mutter eines Zweijährigen, der Gabor Kinderbücher zum halben Preis verkaufte, die Ladenstromerer und Gelegenheitsdiebe, die einsamen Seelen, die nur ins Gespräch kommen wollten. Peter Plus hatte sich in der kurzen Zeit, in der er hier Bücher verkaufte, offenbar schon besser eingelebt, als Gabor vermutet hatte. Doch die Nummer mit der Urlaubsvertretung funktionierte – wie immer. Auch wenn das Geschäft nicht so gut lief wie die Vorgängerläden, gefiel Gabor die Buchhandlung. Er mochte es, dort zu sein. Jeden Morgen, wenn er die Tür öffnete und die bestellten Exemplare, die er am Abend zuvor bei einer Großbuchhandlung erstanden hatte, unter den Ladentisch legte, atmete er tief durch. Er liebte es, durch den Verkaufsraum zu streifen, hier und dort reinzulesen, sich einen Espresso zu genehmigen, mit einer Zigarette im Mundwinkel beim Sortieren der Bücherkisten das Treiben auf der Straße zu beobachten und mit diesem und jenem zu plaudern; vor allem liebte er es jedoch, im Pascal zu lesen: *Die besten Bücher sind die, von denen jeder meint, er hätte sie selbst schreiben können.*

Eines Abends, er war gerade dabei zuzuschließen, stand die Kellnerin von gegenüber vor ihm auf der Straße. Sie zog eine Plastiktüte aus der Handtasche, in der Zweieurostücke klimperten, und fragte, was er davon halten würde, mit ihr etwas trinken zu gehen. Gabor hatte noch nichts Vernünftiges gegessen und lud sie in ein Steakhaus ein. Sie hieß Rabea und aß ihr Entrecote blutig. Später zogen sie durch ein paar

Bars. Die Kellnerei sei nur ein Job, sagte sie. Eigentlich studiere sie Romanistik. Gabor sei ihr aufgefallen, weil er Blaise Pascal las, über den sie eine Semesterarbeit geschrieben habe.

»Ehrlich?«, meinte Gabor und war erleichtert, dass er jemanden gefunden hatte, der ihm gefiel.

Später waren sie betrunken genug, um zu ihr zu gehen.

Am nächsten Morgen legte sie einen Schlüssel auf den Tisch.

»Der ist von Peter. Er hat mich gebeten, den Gummibaum zu gießen. Aber er passt nicht mehr in das Schloss der Buchhandlung.«

»Dem Baum geht's gut«, meinte Gabor.

»Ich weiß«, sagte Rabea.

In den nächsten Tagen sahen sie sich nicht nur mittags. Gabor stellte seine Rabattaktion mit der gestempelten Neuware ein. In den Regalen gab es inzwischen erhebliche Lücken. Bei einem Vertreter, der einfach mal so vorbeischauen wollte, bestellte er nichts, auch nicht das Buch über die schönsten Wanderwege der Wanderhure, weil er ahnte, dass Peter Plus das weniger amüsant gefunden hätte.

Pascals Denken sei eine interessante Mischung aus Rationalität und Spiritualität, meinte Rabea. Damit vereine er den Widerspruch des menschlichen Geistes, der einerseits glauben, andererseits wissen und erkennen wolle. »Er versuchte sich an der Quadratur des Kreises, nachdem er bereits Überlegungen über die Winkelsumme von Dreiecken und einen Satz über die Kegelschnitte von Sechsecken entwickelt hatte.«

Gabor hatte keine Ahnung, wovon Rabea redete, aber er wollte, dass sie niemals damit aufhörte. Unter der Überschrift *Beschreibung des Menschen* notierte Pascal: *Abhängigkeit, Verlangen nach Unabhängigkeit, Bedürfnisse.*

Mit weniger Worten hätte man Gabors Situation nicht beschreiben können. Er spürte, dass er nicht mehr frei war in seinen Entscheidungen. Er hatte angefangen, an seinem temporären Arbeitsplatz Bedürfnisse zu entwickeln, etwas und jemanden zu lieben. Ja, er liebte es mittlerweile, Tag für Tag diesen Laden zu betreten, Bücher zu verkaufen, Espresso zu kochen, im Pascal zu lesen. Und er liebte die Frau, die im Restaurant gegenüber Geschäftsleuten, Müttern und Freelancern vegetarische Menüs servierte. Dennoch wollte er seine Unabhängigkeit nicht verlieren, sein selbstbestimmtes, stolzes Leben, das keine Halbherzigkeiten duldete.

»Morgen kommt Peter zurück«, sagte Rabea am Sonntag, dem 24. August, als sie im Freiluftkino einen Film über einen talentierten, aber erfolglosen Folksänger sahen, der in den frühen Sixties mit Katze und Gitarre durch New York gestreift war. Die Mücken tanzten im Lichtkegel des Projektors, als Gabor Rabeas Hand noch etwas fester drückte.

Am nächsten Tag erschien Gabor früher als sonst in der Buchhandlung. Er wischte den Boden, rückte die Bücher in den Regalen zurecht, goss den Gummibaum, reinigte die Espressomaschine. Dann wartete er.

Peter Plus kam gegen neun Uhr. Gabor hatte die Ladentür schon geöffnet, damit der Fußboden schneller trocknen konnte und der Buchhändler nicht vergeblich mit seinem Schlüssel in dem neu eingesetzten Schloss stocherte. Gabor erhob sich, als Peter Plus sein Geschäft betrat. Das war das Mindeste, fand er. Eine Weile standen sich die beiden Männer gegenüber.

Plus war braun gebrannt und unrasiert, trug zerrissene Jeans, Sonnenbrille und ein weißes Hemd. Das Klischee eines Weitgereisten. Seine Irritation ließ er sich nicht anmerken. »Oh«, sagte er irgendwann mit Blick auf die halb leeren Regale. »Du hast eine Menge umgesetzt, bist ein Talent, was?«

»War nicht so schwer. Sommerschlussverkauf.«

»Verstehe.«

Gabor hörte eine Polizeisirene. »Rabea«, sagte er. »Sie hat Ihnen von mir erzählt.«

Das Martinshorn wurde lauter, Gabor sah durch das Ladenfenster das Blaulicht und schaute hinüber zu dem Restaurant, das noch nicht geöffnet hatte. Bald werden sie hier sein, dachte er und zog einen Umschlag aus der Tasche.

Peter Plus nahm die Brille ab. »Als Student habe ich eine Menge Bücher geklaut«, erzählte er. »Gegenüber der Uni gab es ein Antiquariat. Eines Tages präsentierte mir der Besitzer eine Liste mit dem von mir entwendeten Lesestoff. Jedes einzelne Exemplar, das ich hatte mitgehen lassen, war darauf registriert. Der Mann lobte meinen Geschmack und meinte, es gebe genau zwei Möglichkeiten. Entweder ich würde für ihn am Wochenende auf Flohmärkten arbeiten, darauf hätte er nämlich keine Lust mehr, oder ich dürfe seinen Laden nie wieder betreten. So bin ich Buchhändler geworden.«

Gabor reichte Peter Plus den Umschlag, in dem sich eine Abrechnung sowie der Rest des Geldes befanden, das er für die Bücher aus den Regalen erhalten hatte.

Das Polizeifahrzeug fuhr am Laden vorbei.

Plus schaute in das Kuvert und lächelte. »In Neuseeland bin ich auf den Geschmack gekommen. Ich habe vor, mich noch ein wenig in der Welt umzusehen. Also könnte ich jemanden gebrauchen, der sich in der Zeit, in der ich unterwegs bin, um das Geschäft kümmert. Und danach müssen wir mal sehen.«

Der Umschlag wechselte wieder den Besitzer. Gabor starrte ihn an wie ein Geschenk, das er nicht annehmen konnte. Entweder dieser Plus machte sich über ihn lustig oder er war völlig verrückt. Wer bot einem Bankräuber die Leitung einer Filiale an? Dann fiel ihm ein Satz von Pascal ein, über den er lange nachgedacht hatte, ohne ihn zu verstehen: *Die Menschen sind so notwendig verrückt, dass nicht verrückt sein nur hieße, verrückt sein nach einer anderen Art von Verrücktheit.*

*Ein Buch ist ein Spiegel. Wenn ein Affe hineinguckt, kann freilich kein Apostel heraussehen.*
Georg Christoph Lichtenberg, 1777

*Ella Theiss*

## Rauntzkys Erben

Der dreiblättrige Ausdruck seiner Buchbesprechung klatscht auf Roberts Schreibtisch, gefolgt vom Spuckesprühregen des lispelnden Feuilletonchefs. »Wads für Leute, glauben dSie, wollen dso wads ledsen?« Ganze Absätze sind durchgestrichen, am Korrekturrand knäulen sich die Anmerkungen.

Robert atmet tief ein, tief aus. Gelassen bleiben, wenigstens gelassen erscheinen. Der Chef ist Choleriker. Wissen doch alle, oder?

Das Klappern der Tastaturen ringsum verstummt, drei Sekunden, vier Sekunden … hinter dem halb kahlen Benjamini die Glupschaugen der Volontärin.

Robert ringt sich einen sachlichen Gesichtsausdruck ab. »Okay, ich sehe mir Ihre Korrekturvorschläge an und überarbeite den Text.« So viel Demut müsste reichen.

Reicht nicht. Eine Zeigefingerkuppe mit ausgefranstem Nagelbett hämmert aufs Manuskript. »Wir wollen Texdse mit Bidss. Merken dSie dsich dads!«

Der Chef zieht ab, Robert geht sein Gesicht waschen.

»Guck mal im Archiv – unter *Rauntzky*«, sagt die Volontärin.

Gute Idee, denkt Robert. Der Chef hat den berühmten und gleichfalls lispelnden Feuilletonisten von jeher vergöttert.

*

Irmas neue Brille hat trapezförmige Gläser und einen Kunststoffrand mit altrosa Schlierenmuster. Sie nimmt die alte Brille ab, setzt die neue auf, drückt sich die Bügel auf die Ohren und zuckt mit den Nasenflügeln, bis das Gestell am richtigen Platz sitzt. »Ich sehe … nicht viel.«

»Das ist eine Gleitsichtbrille«, sagt die Tochter, »man muss sich erst daran gewöhnen.«

Irma lässt die Pupillen wandern, die Tapete zieht konzentrische Kreise, die Eichenvitrine wankt, auf Irmas Handrücken wölbt sich ein Faltengebirge über wurmdicken Adern. »Mir gefällt meine alte Brille besser«, sagt Irma.

»Aber du kannst jetzt wieder gut sehen, sogar Zeitung lesen.« Die Tochter greift nach der *Allgemeinen,* die gestapelt auf der Anrichte liegt. »Lies mal das hier, die Überschriften.«

»Neun-zig-jähr-ige-Mut-ter-miss-hand-elt …«

»Hmm, nimm lieber den Kulturteil.« Die Tochter blättert um, streicht eine Zeitungsseite auf der Tischdecke glatt.

Irma äugt durch die Gläser. Schwarze Serifen wimmeln übers Papier, treten wie unter einer Lupe hervor und verblassen am kreisförmigen Rand. Irma zuckt zusammen. »Da steht *Machwerk.*«

»Siehst du, wie gut du jetzt wieder lesen kannst.«

Irma konzentriert sich, fixiert ein zappelndes Wort nach dem anderen. Ihr Herz pocht vor Entsetzen. »Das ist ja ein Schmähartikel.«

»Eine Buchrezension, nichts Ernstes.« Die Tochter packt ihre Sachen. »Deine alte Brille nehme ich mit. Damit du dich an die neue gewöhnst. Am Samstag kommt Stefan und richtet dir endlich den Fernseher ein.«

»Stefan?«

»Dein Enkel, Mama.«

»Ach ja, Stefan.«

Die Tochter zieht die Haustür hinter sich zu. Irma setzt

die neue Brille ab und legt sie unter den Zeitungsstapel. Nun ist die Welt neblig, aber berechenbar. Es sind sieben Schritte geradeaus durch den Flur zur Wohnzimmerschwelle, es sind drei Schritte zum Teppichrand und fünf Schritte diagonal zum Sessel. Im zweiten Sessel sitzt Charly, nippt an seinem Pils und raucht, feine Schlieren steigen auf.

»Er ist zurück«, sagt Irma.

Charlys Miene verdüstert sich, die Zigarette zwischen seinen Fingern zittert. »Und?«

»Er schreibt *Machwerk* … und *dilettantisches Geschwätz* … und *intellektuelle Armseligkeit* … solche Sachen.«

Charly legt den Kopf in den Nacken, starrt zur Decke.

»Es geht nicht um dich. Um eine Frau geht es, Hella … Soundso.«

»Egal, ich will ihn sprechen. Er soll herkommen.«

Irma nickt, hebt sich aus dem Sessel. Tappt die fünf Schritte zurück zum Teppichrand, tappt die sieben Schritte über die Schwelle und den Flur entlang zur Wandhalterung mit dem Telefon, drückt die Kurzwahltaste zur Telefonvermittlung: »Die *Allgemeine Zeitung*, bitte …«

*

Eine gelbe Haftnotiz mit dem Aufdruck *Serviceabteilung* klebt am Monitor. Robert entziffert die krakelige Handschrift der Kollegin: *Einladung zum Tee … Freitag, 16 Uhr, Charly … Mozartweg …* Zuletzt die Bemerkung, dass Privatkontakte gefälligst nicht über die Abo-Rufnummer zu laufen hätten. Drei Ausrufezeichen.

Charly? Das muss die Rothaarige sein, die Robert vor circa drei Wochen in der Disco kennengelernt hat. Charlotte … den Nachnamen hat er vergessen. Zweiundzwanzig, ampelgrüne Augen, freizügiges Shirt. Sie hatten sich nett unterhalten. Er erzählte ihr von seinem aktuellen Projekt: einer Abhandlung über regionale Krimis und deren Rezeption in Feuilletons überregionaler Tageszeitungen. Ein nach Dafürhalten seines Chefs äußerst ergiebiges Thema. Charlotte hörte lächelnd zu. Bis sie einem Dreitagebart-Beau auf die Tanzfläche folgte, später an die Bar und dann mit ihm verschwand.

Sieht so aus, als habe sich der Dreitagebart-Beau als Langweiler entpuppt. Worauf sich Charlotte an das anregende Gespräch mit Robert erinnert hat – na also! Freitag, sechzehn Uhr, zum Tee ... bei ihr zu Hause? Das Mädel geht aufs Ganze. Robert googelt die Adresse und ist beeindruckt: ein Einfamilienhaus auf einem Riesengrundstück in nobler Lage.

*

Lichtstrahlen blinzeln durch die Jalousie ins Schlafzimmer. Was heute für ein Tag ist? Welcher Monat, welches Jahr? Um es zu wissen, müsste Irma wissen, welcher Tag gestern war und welcher vorgestern. Sie hat es vergessen, wie an jedem Morgen. Die Tochter war so lieb, ihr eine moderne Uhr zu besorgen, die – neben der genauen Uhrzeit – alles anzeigt: Wochentag, Datum und Jahr. Die Uhr steht auf dem Nachttisch. Um sie lesen zu können, müsste Irma ihre Brille aufsetzen, doch die Brille ist weg.

Macht nichts, Irma will nicht wissen, was für ein Tag heute ist. Ein so langes Leben, wie Irma es hinter sich hat, wird übersichtlicher, wenn man alles ein wenig komprimiert. Da gab es diese vielen, vielen Tage, diese wunderbaren Tage, die in der Erinnerung zu einigen wenigen zusammenschnurren. Und manchmal sind sie für Irma so gegenwärtig, dass sie glaubt, noch mitten darin zu leben. Das waren die Tage, als sie Tante Ediths Haus erbten, wo sie für immer mietfrei wohnen konnten, Charly, Irma und die Kinder. Das gepflegte Haus mit dem großen Garten, wo Irma Rosen-, Tulpen- und Gladiolenbeete anlegte. Der kleine Anbau mit dem Bunker, den die Tante aus Furcht vor sowjetischen Atombomben hatte bauen lassen und in dem Charly – ungestört von Kindergelächter und Vogelgezwitscher – an seinem Roman arbeiten konnte. Nach sieben Jahren erschien er, der Roman, bei einem angesehenen Verlag, in Leinen gebunden, mit einem Schutzumschlag und einem Lesebändchen versehen. »Ein ungewöhnliches, ein berührendes, ein brillant verfasstes Werk«, befand der Lektor und ermunterte Charly zu einer Fortsetzung.

Wie so oft, wenn Irma erwacht und die Sonnenstrahlen spürt, die durch die Jalousie dringen, will sie aufspringen und das Frühstück machen, ein Ei für Charly, Müsli für die Kinder, Toast mit Honig für alle … Nur, wenn es so still ist im Haus, wie jetzt, und wenn das Bett neben ihr leer ist, wie jetzt, dann ahnt Irma, dass die anderen Tage angebrochen sind, all die schlechten Tage, die in ihrer Erinnerung auch zu einigen wenigen zusammenschnurren, zu den Tagen, an denen Irmas Welt ins Wanken geriet. Als ob sie eine falsche Brille trüge.

*

Robert wischt sich die schweißnassen Hände an der Hose trocken und klingelt. Die Tür, gebremst von einer verzinkten Gliederkette, öffnet sich einen Spaltbreit. Ein knittriges Frauengesicht späht heraus. »Wir kaufen nichts.«

Robert lächelt verbindlich, stellt sich vor, streckt dem Gesicht einen Blumenstrauß entgegen. »Charly hat bei der Zeitung angerufen, bei der ich arbeite, bei der *Allgemeinen* …«

»Ach so, Besuch für Charly.« Sie nestelt an der Kette, die Tür geht auf. Mindestens Mitte achtzig ist sie, klein und schmal. Das Händchen, das sie ihm zur Begrüßung reicht, fühlt sich an wie trockenes Laub. »Charly erwartet Sie.«

Sie nimmt ihm die Blumen ab und tappt in abgetragenen Pantoffeln voran in eine offensichtlich aus den Siebzigern stammende Küche, alles zierlich, cremeweiß und pflegeleicht. »Kommen Sie, ich mache rasch einen Tee.«

»Oh, Tee, das ist nett.« Roberts Blick heftet sich an den einzigen Wandschmuck im Raum, eine Spruchtafel über der Anrichte. *Edel sei der Mensch, hilfreich und gut. Johann Wolfgang von Goethe.*

»Charly liebt Darjeeling mit Kandiszucker«, erzählt die alte Dame, während sie einen Wasserkocher füllt und ein geblümtes Teeservice auf einem Tablett arrangiert. Dabei plappert sie fortwährend, spricht von der Würde des Menschen, vom Respekt, von christlicher Nächstenliebe, Herzensbildung ... Ihre Stimme kippt vor Ergriffenheit. Sie muss Charlys Großmutter sein, oder Urgroßmutter.

Robert zeigt sich beflissen, gießt das heiße Wasser in das mit Teebeuteln bestückte Kännchen, füllt das Zuckerdöschen, pflichtet dem Geplapper mit einem gelegentlichen *Oh-ja-natürlich* bei.

Dann folgt er ihr, das beladene Tablett balancierend, eine geflieste Treppe abwärts, eine betonierte weitere Treppe abwärts ...

Die Alte nimmt die Stufen langsam, hält sich am Geländer fest, sieht ihm in die Augen und lächelt milde. »Am besten, Sie entschuldigen sich. Charly ist ein herzensguter Mensch und verzeiht Ihnen gewiss.«

Entschuldigen? Er sich? Wofür? Er lacht auf vor Verblüffung, will nachfragen, doch sie quasselt weiter, führt ihn einen schmalen Gang entlang, drückt einen rot leuchtenden

Knopf in der Wand, worauf sich eine doppelwandige Stahltür öffnet.

»Hier ist Charlys Arbeitszimmer«, verkündet sie, als spreche sie von den Gemächern eines Geheimordens. Sie knipst einen Schalter an, eine von der Decke baumelnde nackte Glühbirne erstrahlt.

»Charly-Liebling, der Herr von der Zeitung ist da«, ruft sie, zwinkert Robert zu und geht.

Sein Blick wandert über eine Einrichtung aus lindgrünem Resopal. Einbauschränke, Regale mit Leitz-Ordnern, mittendrin ein Tisch mit Bürostuhl, darauf eine Schreibmaschine, eine echte alte Schreibmaschine. Kultig, befindet Robert. Nur, dass es so muffig riecht. Und so still ist, so gespenstisch still. Er stellt das Tablett mit Nachdruck ab, lässt Tässchen und Löffelchen scheppern. »Charlotte?«

Leise zischend schließt sich die Stahltür.

*

Er ist tatsächlich erschienen, der Kritiker. So ein wohlerzogener junger Mann, beste Umgangsformen. Wie lange er schon mit Charly allein ist? Drei Stunden, vier Stunden? Ein gutes Zeichen. Da will Irma nicht stören. Vielleicht wird nun doch alles gut? – Natürlich, was schwarz auf weiß gedruckt ist, kann niemand zurückrufen. Doch wenn er sich entschuldigt, der Kritiker, wenn er zumindest Charly und dem Verleger versichert, dass er im Übereifer und einer Tageslaune folgend die vielen positiven Aspekte des Romans übersehen hat … Ach, Charly könnte wieder Zuversicht fassen, könnte ein neues Werk beginnen, der Verleger würde sich gewiss offen zeigen.

Ja, vielleicht wird nun wieder alles gut, denkt Irma, legt sich aufs Bett und lässt ihre Gedanken zurückwandern zu einem Samstagmorgen im September 1972. An jedes Detail erinnert sie sich, wie sich Menschen oft an jedes Detail eines Katastrophentages erinnern. Klar und konturiert laufen die Bilder vor ihren halb blinden Augen ab: Charly, wie er in die Küche geschlurft kommt, unrasiert, in seinem blau gestreiften Pyjama, wie er seinen Morgenkaffee hastig trinkt, weil am Abend Gäste kommen, um seinen Roman mit ihm zu feiern, und weil es noch viel zu tun gibt. Wie er aus bloßer Gewohnheit auch an diesem Morgen die Zeitung durchblättert, wie er die Lokalglosse überfliegt, den Kopf in den Nacken wirft und lacht, wie er weiterblättert ... und mit einem Mal zusammenzuckt, den Kopf zwischen die Schultern zieht, als habe ihn eine Peitsche getroffen, wie sein Blick erstarrt, seine Wangen lang werden, bleich werden und sein Mund aufklafft wie eine tiefe Wunde.

Was der Kritiker schrieb, galt viel in der Literaturwelt, galt alles in der Stadt. Schon am Morgen läutete das Telefon und die wichtigsten Gäste sagten ab, der Referatsleiter vom Kulturamt, der Redakteur vom Lokalsender, der Verlagslektor – *ein Unwohlsein, eine Erkältung, recht plötzlich ... tja, schade.*

Konkurrierende Zeitungen, die Lob angekündigt hatten, schwiegen sich aus. Der Verleger ließ wissen, dass der Verkauf stagniere und die avisierte Fortsetzung nun doch nicht infrage komme ... Charly suchte einen neuen Verlag, suchte lange und vergeblich, bekam Wutanfälle, Depressionen, fing sich wieder ... Und lud ihn ein, den Kritiker, wollte ihn fragen, warum. Warum ein Debüt aburteilen, warum so gehässig, warum so gnadenlos? Der Kritiker kam nicht, nicht einmal eine Antwort kam. Eines Morgens fanden sie Charly ... im Bunker ... in seinem Blut ... die Pulsadern ... klaffende, tiefe Wunden ...

Irma drückt sich die Hände vor die Lippen und schreit in sich hinein, schluchzt, würgt an ihren Tränen, hat ganz vergessen, dass der Kritiker doch noch gekommen ist, dass er in diesem Moment mit Charly im Bunker sitzt und Tee trinkt. Hat vergessen, dass vielleicht alles wieder gut wird. Und weint sich in den Schlaf.

*

Robert ist mit allen Gefühlsregungen durch, ja, mit allen. Besonders mit der Wut. Gebrüllt hat er, die Teetassen gegen die Wand gefeuert, die Leitz-Ordner aus dem Regal gerissen und zu Boden geschleudert. An die Bemerkung der Alten, dass er sich entschuldigen soll, hat er sich erinnert und sich vor einem guten Dutzend imaginärer Beobachtungskameras auf die Erde geworfen, um Vergebung gefleht, wofür auch immer. Später, ruhiger geworden, hat er versucht, die Stahltür mit seinem Leatherman zu bezwingen, hat in jeder Ecke dieses lausigen Kellers, an der Türritze, am Entlüftungsschacht, am Trockenklo, versucht, einen Notruf mit seinem Smartphone abzusetzen – umsonst. Auch mit der Frage, warum man ihn einsperrt, ist er durch. Und mit der Furcht, er könnte in die Fänge eines Psychopathen, eines Sadisten geraten sein. Niemand kommt. Nicht einmal, um ihn zu quälen. Womöglich ist nur die marode Elektrik schuld, dass der Türöffner versagt?

Mit der Hoffnung, gerettet zu werden, ist Robert noch nicht durch, nicht ganz. Irgendjemand könnte ihn vermissen und bei der Polizei anrufen. Freunde? Hat er nicht. Eine Freundin? Hat er auch nicht. Nur die glupschäugige Volontärin scheint ihn zu mögen. Ihr könnte es auffallen, wenn er am Montag fehlt, und sie könnte herumfragen. Jemand in der Serviceabteilung könnte sich an den Anruf erinnern, ein gewisser Charly, Mozartweg … Ja, vielleicht schon am Montag oder am Dienstag wird man nach ihm suchen. Nur, dass der Darjeeling gallenbitter und fast alle ist, dass der Hunger ein Loch in Roberts Magen frisst und dass es eisig kalt ist in diesem Keller.

Robert wickelt sich in eine Lage Filzdecken, die er in einem Spind gefunden hat. Blättert, um sich abzulenken, die Leitz-Ordner durch, findet Manuskripte auf Schreibmaschinenbögen, liebevoll abgeheftet, je einen Durchschlag auf transparentgelbem und -rosa Papier. Überall hüpft das kleine *g* aus der Reihe. Epische Texte sind es, Geschichten, Entwürfe zu Geschichten, gar nicht mal schlecht, beinahe gut. Robert stöbert weiter, entdeckt einen Ordner mit Briefen, Verlagsabsagen in steifem, demütigendem Ton: ... *bitten Sie, von weiteren Zusendungen Abstand zu nehmen ...*

Zuhinterst eine Klarsichtfolie mit einem Zeitungsausschnitt, eine Buchkritik, betreffend den Roman *Katzentage* von Karl Wallersböhl. – Also hatte Charly es doch geschafft? Der Rezensent ist niemand Geringeres als Altmeister Rauntzky. Ein Verriss, wie zu erwarten. Einzelne Textstellen sind mit Kugelschreiber unterkringelt: *Machwerk* ... und *dilettantisches Geschwätz* ... und *intellektuelle Armseligkeit,* die typischen Floskeln. Die kommen Robert irgendwie bekannt vor. Doch da, ganz am Schluss, eine Äußerung, die ihn in den Bann zieht: Da ist die Rede von der *quälenden und doch vergeblichen Anstrengung,* wenigstens einige wenige Sätze zu finden, die auf *ein Quäntchen Talent* des Autors hinweisen könnten. Er habe, schreibt Rauntzky, solche Sätze nirgends in diesem Roman gefunden.

Robert erschaudert. Mit so einer Sequenz demonstriert man Seriosität, bezeugt man ernsthaftes und doch vergebliches Bemühen. Nicht dem gescholtenen Schriftsteller, sondern dem in seinem hohen literarischen Anspruch enttäuschten Kritiker soll das Mitgefühl des Lesers zufließen. Tja, schon genial gewesen, der alte Rauntzky.

Robert nimmt die Rezension aus der Folie, faltet sie, steckt sie in seine Hosentasche. So brilliert man, so profiliert man sich. Er wird diesen Passus wie einen Textbaustein verwenden, zigfach variieren wird er ihn, wenn er hier raus ist. Wenn.

Er nippt den letzten Schluck Darjeeling aus dem Teekännchen.

*

Der Enkel hievt eine riesige schwarze Glasscheibe auf das Nussbaumschränkchen, das bislang den defekten Fernseher beherbergt hat. Irma verfolgt seine Bemühungen durch die neue Brille. Die trägt sie auf Wunsch der Tochter von nun an mit einer Kette um den Hals, damit sie sie nicht wieder verlegt.

Drollig sieht er aus, der Enkel. Wie er mit seinem fast kahlen Kopf und seinem rundlichen Hinterteil um das Nussbaumschränkchen krabbelt und mit bunten Stöpseln puzzelt, erinnert er Irma an das Baby, das er einmal war. Nur größer ist er, wuchtiger. Er passt zum neuen Fernseher.

»Jetzt kannst du zig Programme gucken, Omi«, sagt er.

»Spar dir die Mühe. Ich höre höchstens die Nachrichten im Ersten.«

»Du sollst einen ordentlichen Fernseher haben. Mama besteht darauf.«

Irma fügt sich in ihr Schicksal.

Bald ist der Enkel fertig und erklärt die Fernbedienung. »Schau mal, das Erste Programm bekommst du, wenn du die Eins drückst, das Zweite ist auf der Zwei …«

»Jaja, und das Dritte auf der Drei …«

»Nein, auf der Drei hast du jetzt RTL.«

»Er-Te-El?« Irma setzt sich, äugt durch die Brille, betrachtet die bewegten bunten Bilder, erkennt einen jungen Mann mit schwarzer Haartolle. Er jault, ruckelt mit den Schultern, zappelt mit den Beinen wie Elvis früher, ja, wie Elvis! Irma gefällt das. »Er-Te-El«, wiederholt sie.

Der Bildschirm gerät in Bewegung, umkreist einen Tresen aus Glitzerzeug, zeigt vier Riesenmasken mit bunten Haaren, schwarzen Lidern, schwellend dicken Lippen …

»Der hat keinen Fetzen Talent, aber einen Sprung in der Schüssel«, sagt eine sonnenbraune Muskelmaske mit blitzweißem Backsteingebiss, glotzt aus verengten blauen Augen um sich, glotzt Irma an.

Sie fröstelt vor Entsetzen. »Das ist ja eine Schmähsendung.«

»Eine Castingshow, nichts Ernstes«, sagt der Enkel und packt seine Sachen.

Das Backsteingebiss feixt weiter: »Bei normalen Leuten kommen solche Geräusche aus dem Hintern.«

Gelächter.

Da springt der Bildschirm den jungen Elvis an, der zusammenzuckt, der den Kopf zwischen die Schultern zieht, als habe ihn eine Peitsche getroffen, dessen Blick erstarrt, dessen Wangen lang und bleich werden und dessen Mund aufklafft wie eine Wunde …

Irma schlägt sich die Hände vors Gesicht, schreit auf. »Mach die Garstig-Show aus … Aus-aus-aus!«

Der Enkel gehorcht. »Ruf mich an, wenn du die Nachrichten im Ersten nicht findest, Omi.« Er küsst sie zum Abschied auf die Stirn und geht.

Irma nimmt die Brille ab, lässt sie sich an der Kette vom Hals baumeln. Charly sitzt im Sessel gegenüber, drückt seine Kippe in den Aschenbecher, dass sie zerknickt. »Er ist also zurück?«

Irma krallt ihre Fingernägel in den Plüsch der Armlehnen. »Er hat Elvis beschimpft.«

»Ruf ihn an, Irmchen, sag ihm, Charly will ihn sprechen.«

Irma nickt, hebt sich aus dem Sessel, tappt die fünf Schritte zum Teppichrand, tappt die sieben Schritte zur Wandhalterung mit dem Telefon. Und drückt die Kurzwahltaste zur Vermittlung: »Das Fernsehen, bitte ... das Er-Te-El-Fernsehen.«

Edgar Wallace ließ sich von Londoner Geschäftsleuten dafür bezahlen, dass er ihre Läden in seine Romanhandlungen einband …

*Ilka Stitz*

# Nimm mich!

*Drei Schüsse, zwei in die Brust, einen in die Stirn. Ein prüfender Blick.*

*Erledigt.*

*Sie schraubte den Schalldämpfer von der Pistole ab, wickelte ihn in das Mikrofasertuch und versenkte ihn zusammen mit der Waffe in ihrer geräumigen Handtasche. Die Blutlache breitete sich auf dem Parkett aus, als hätte sie alle Zeit der Welt. Sie nicht, sie sollte machen, dass sie fortkam.*

»Kaffäh?«

Was?

Die Frau mit den roten Haaren steht vor mir und sieht mich mit erhobenen Augenbrauen an.

»Noch einen Kaffäh?«, wiederholt sie mit ihrem kehligen Akzent und schiebt eine üppige Locke hinter das rechte Ohr. Beiläufig rückt sie die Speisekarten in dem Klemmblock auf dem Tisch gerade.

Ich überlege. »Einen Cappuccino bitte.«

»Sährrr gärrrne.« Die Rothaarige strahlt mich an, dreht sich schwungvoll um und wackelt Richtung Tresen.

Wo war ich?

*Sie nicht, sie sollte machen, dass sie fortkam. Geräuschlos öffnete sie die Tür, spähte den Flur entlang. Kein Mensch zu se-*

*hen, gut. Sie schlüpfte hinaus und lief den Gang entlang zu den Aufzügen.*

»Bitte sähr!« Schwungvoll stellt die Rothaarige namens Katja, wie das Namensschildchen am Revers ihrer weißen Bluse verrät, die schaumbekrönte Tasse vor mir ab.

Unschlüssig bleibt sie stehen.

Ich hätte doch in ein anderes Lokal gehen sollen, aber dieses Café liegt nah bei der Buchhandlung, und wenn ich in der Mittagspause wenigstens ein paar Zeilen schreiben will, bleibt mir keine Wahl. Ich ignoriere die Serviererin und überfliege meine Zeilen erneut.

*Drei Schüsse, zwei in die Brust, einen in die Stirn. Ein prüfender Blick.*

*Erledigt.*

*Sie schraubte den Schalldämpfer von der Pistole ab, wickelte ihn in das Mikrofasertuch …*

Moment. Da sollte ich präzisieren.

*((Thorsten fragen, Waffe, Schalldämpfer – Marke?))*, notiere ich am Ende des Absatzes.

Weiter.

*Die Blutlache breitete sich auf dem Parkett aus, als hätte sie alle Zeit der Welt. Sie nicht, sie sollte machen, dass sie fortkam.*

Ich werde nervös. Katja beobachtet mich, während sie Gläser poliert. So kann ich nicht arbeiten.

Ich speichere die Datei und klappe den Laptop zu. Den Cappuccino stürze ich hinunter, werfe fünf Euro auf den Tisch. »Stimmt so.«

Ich stapele die frisch eingetroffenen Neuerscheinungen auf dem Krimitisch. Die üblichen Verdächtigen. Allein diese Namen, Adler Olsen zum Beispiel. Ob der wirklich so heißt? Bald kommt ein neuer Name hinzu. Meiner.

In einer Buchhandlung zu arbeiten, ist praktisch. Eine stete Quelle der Inspiration und Fortbildung. Durch das Buch *Von Arsen bis Zyankali – der lautlose Tod* habe ich beispielsweise sehr profitiert.

Doch leider ist es nicht so, dass man als Buchhändlerin eine bevorzugte Position hat, wenn es um die Veröffentlichung eines Manuskriptes geht, wie die beiden unveröffentlichten Romane in meiner Schreibtischschublade bezeugen.

Aber diesmal werden sich alle um das Manuskript reißen. Das spüre ich.

Ich bestelle einen Latte macchiato bei der mürrischen Dunkelhaarigen, Elvira. Die rothaarige Katja ist nicht zu sehen.

Ich atme auf und schalte den Laptop ein. Gestern Abend habe ich mit Thorsten telefoniert, meinem Berater für Waffen aller Art. Der ehemalige Schießlehrer bei der Bundeswehr ist nach eigener Aussage mit Handwaffen für den subversiven Kampf vertraut, auch denen für »Spezialeinsätze«, hat er gemurmelt, ohne das weiter zu erläutern. Er, so seine Worte, bräuchte in dem geschilderten Fall jedenfalls nur einen Schuss. Na gut.

*Ein Schuss in die Stirn, ein prüfender Blick.*

*Erledigt.*

Tja, das war jetzt kurz und knapp. Thorstens Tipp mit dem Leinenbeutel, den muss ich unbedingt unterbringen. Ist eine super Idee, die Waffe in einen Leinenbeutel zu stecken, damit die Patronenhülse nicht herumfliegt. Diese Leinenbeutel sind feuerfest und leicht zu beschaffen, man bekommt sie zum Beispiel bei teuren Schuhen oder Handtaschen gratis dazu. Leicht zu beschaffen … ts. Thorsten hat mir auch die Česká empfohlen. Ein Massenprodukt aus der Tschechei, zuverlässig und auf dem Schwarzmarkt schon für unter hundert Euro zu haben. Thorsten muss es wissen.

*Sie zog die Česká aus dem Leinenbeutel, schraubte den Schalldämpfer ab, steckte beides in den Leinenbeutel zurück und versenkte alles in der blutroten Handtasche, die sie nur gekauft hatte, weil es den praktischen Beutel umsonst dazugegeben hatte. Aus dem gleichen Grund hatte sie sich auch die schwarzen Manolo Bl-*

Ich notiere: *((wie schreibt man Blanicks?))*

*im Internet bestellt. In ihrem Beruf hatte man einen ungeheuren Bedarf an diesen Säckchen. Ein teurer Spaß. Nun ja, sie verdiente dafür auch nicht schlecht. Dennoch, sie sollte die Ausgaben beim nächsten Mal auf ihre Spesenrechnung setzen.*

Ich sollte im Internet recherchieren, ob man die Beutel nicht auch ohne Tasche bekommt. Oder ohne Schuhe. Ich mustere meine unförmigen MBTs. In der Buchhandlung sind Manolos denkbar ungeeignet, wenn auch sicherlich ansehnlicher. Meine Freundin Beate meint, sie machen einen schlanken Fuß. MBTs hingegen machen starke Waden. Ach ja.

*Die Blutlache breitete sich auf dem Parkett aus, als hätte sie alle Zeit der Welt. Sie nicht, sie sollte machen, dass sie fortkam.*

Katja wischt den Nebentisch ab und stellt scheppernd benutztes Geschirr zusammen. Mir entgeht nicht, dass sie mir

Blicke zuwirft und mit Giraffenhals versucht, den Text auf meinem Bildschirm zu entziffern. Endlich tritt sie hinter mich. Ich spüre ihre Nähe als Stiche im Rücken.

»Kaffäh?«, fragt sie und schnappt nach meinem Latte-Glas, obwohl darin noch ein drei Finger breiter Rest der Kaffeemilchmischung unter krümeligem Schaum dahinsiecht.

Sie wertet mein Schweigen als Zustimmung, denn kaum ist sie hinter der Theke verschwunden, dröhnt die Kaffeemaschine durch das Lokal.

»Gäht aufs Haus«, sagt Katja, als sie ein frisch gefülltes, dampfendes Glas mit properem, rahmweißen Milchschaumkrönchen und perfekten hell- und dunkelbraunen Streifen vor mir abstellt. Sie bleibt vor mir stehen, glotzt mich an und strahlt wie eine billige Fukushima-Imitation.

Ich starre zurück.

Katja wischt im Schneckentempo den Tisch ab, soweit ihn nicht das Latte-Glas und mein Laptop bedecken.

Ich hasse dergleichen.

»Äh …«

Ich weiß, was jetzt kommt.

»Was schreiben Sie da, ein Buch?«

Mein Rücken glüht, die Hitze scheint von Katja auszugehen. »Genau.«

Katja schaltet ihr Strahlen eine Stufe höher. Als Nächstes wird sie sagen, dass sie das auch schon immer machen wollte, ein Buch schreiben. Dass sie auch ganz genau weiß, worum es gehen soll, aber … Ob ich ihr nicht vielleicht …

Ich versuche, von ihr abzurücken, aber die Tischkante schneidet in meinen Bauch.

»Nein«, platzt es aus mir heraus.

Verstört schaut Katja mich an, dreht sich weg. Schon bedaure ich meine heftige Reaktion. »Äh, ich meine, ein andermal höre ich mir Ihre Idee gern an. Äh, Sie wollten doch …?«

Katja wackelt davon.

Da geht sie hin und meine Muse geht mit ihr. Heute wird das nichts mehr. Ich sollte heute Abend wenigstens noch diese Manolo Dingensschuhe recherchieren, wo man die in Köln kaufen kann, oder zumindest, wie man den Namen schreibt.

Am nächsten Tag ist Katja versöhnt.

»Kaffäh, Cappuccino?«, fragt sie freundlich, allerdings ohne ihr übliches Strahlen.

Sie geht mir auf die Nerven. Ich kann mich nicht konzentrieren, auch habe ich vergessen, die Schuhe zu recherchieren. Irgendetwas an ihr irritiert mich, beunruhigt mich sogar. Ihr flammend orangerot geschminkter, breiter Mund, der alles zu verschlingen droht? Diese grünen, katzengleichen Augen, deren Blick ich die ganze Zeit auf mir spüre?

Sie ist eine hübsche Person, zweifellos. Auffallend, ja, aber sie ist kein Grund zur Beunruhigung. Was sage ich da? Gott, sie ist Osteuropäerin, Russin womöglich. Russenmafia …

»Latte?«, säuselt Katja in meine Überlegungen hinein.

»Äh, Cappuccino gerne.«

»Sährrr gärne!«, steigert Katja ernst.

Das Getränk schwappt ein wenig über die Cantuccini auf dem Unterteller, als sie es mir auf den Tisch stellt. Sie nickt in Richtung meines aufgeklappten Laptops.

»Sie schreiben Kriminalroman, stimmt's? Da stäht Česká. Kenn ich, Česká. Mein Brudärr Sergej hatte auch.«

Ich nicke vage. Was will ihr Bruder mit einer Waffe? Mir wird flau im Magen.

Katja schaut sich unauffällig um, streicht ihre Schürze glatt und setzt sich auf den Stuhl mir gegenüber. Sie beugt sich zu mir herüber. »Nimm mich!«

Überrascht sehe ich sie an. »Was? Nun, ich bin nicht …«

Katja winkt ab, nickt nachdrücklicher zu meinem Klapprechner. »Nimm mich für Mörder. Bitte schön.« Sie strahlt, als hätte jemand auf einen Knopf gedrückt. »Ich bin gut!«

Ich seufze. Diese Variante hatte ich noch nicht. Ich stutze. Was meint sie damit, sie sei gut? Und was ist mit Sergej? Wieso …?

»Kannst es übärrrlägen!«, platzt sie in meine Gedanken. Die plötzliche Vertraulichkeit des Duzens befremdet mich.

Katja schenkt mir einen wahrscheinlich tiefgründig gemeinten Blick, steht auf und stolziert zu ihrem Platz am Tresen.

Warum beschäftigt mich dieser Vorfall? Sie ist nur eine Kellnerin. Ich verbrenne mir die Lippen am heißen Kaffee. Immer wieder sehe ich zu Katja hinüber, die hinter der Theke hantiert. Dennoch spüre ich, dass sie mich im grünen Katzenauge hat.

Als die mürrische Dunkelhaarige vorbeiläuft, drücke ich ihr ein paar Münzen in die Hand. Besser, ich gehe jetzt.

*In der Tiefgarage spürte sie ein Stechen im Rücken. Blicke. Wurde sie beobachtet? Seit einiger Zeit schon hatte sie das Gefühl, jemand sei hinter ihr her.*

Schluss, gleich ist Feierabend und ich muss noch eine Kiste auspacken. Ich klappe den Laptop zu und schlage das Leseexemplar eines historischen Südseeromans auf, da bimmelt die Türglocke. Ein Bär, so scheint es, tappt herein. Pelzmütze, Pelzmantel, Fellstiefel, das Wesen schüttelt den Schnee von den Schultern. Da erkenne ich sie, Katja. Sie nickt mir zu und stöbert in dem Regal mit den Lebensberatern.

Ich höre ihren Atem, leises Knistern ihres Mantelfutters, Rascheln von Papier. Die ganze Zeit ist sie stumm, aber der komplette Raum scheint von ihrer Gegenwart ausgefüllt zu sein. Endlich, ohne ein Wort zu sagen, geht sie wieder, in der Tür winkt sie zum Abschied mit der Rechten, ihre Linke steckt in der Manteltasche, ein Finger beutelt den Stoff, er zeigt auf mich.

Heute war ich nicht im Café, bis gerade eben war der Laden voller Kunden. Jetzt endlich ist Ruhe eingekehrt. Eine gute Gelegenheit, weiterzuschreiben. Ich klappe den Laptop auf, der Cursor blinkt an der Stelle, an der ich gestern so hastig Schluss gemacht habe.

*Seit einiger Zeit schon hatte sie das Gefühl, jemand sei hinter ihr her. Und richtig, als sie aus der Tiefgarage auf die Straße bog, scherte ein Auto auf der gegenüberliegenden Seite aus.*

Die Tür fliegt auf, das Glöckchen scheppert heiser, das Pelztier bringt eine Welle eisiger Luft in den überhitzten Laden.

»Und?«

Ich zucke zusammen, obwohl ich, wie ich jetzt merke, die ganze Zeit auf ihren Besuch gewartet habe. Normalerweise bin ich nicht so nervös. Ich spüre einen metallischen Geschmack im Mund. Vor Schreck habe ich mir auf die Lippe gebissen.

»Wie bitte?«, frage ich, während ich in der Schublade unter der Kasse nach einem Taschentuch krame.

»Hast du es dir überrrläggt?«

»Äh.«

»Ich will, unbädingt!« Katja nickt. »Ich habe es mir schon lange gewünscht. Ährrrlich. Ein großer Traum von mir: einmal Mörder in einem Buch.« Sie steht vor den Lebensberatern und zieht anscheinend wahllos ein Exemplar aus dem Regal und hält es mir hin.

*Das Leben ist nicht rosarot*, steht in lustig geschwungener

Schrift auf dem pinkfarbenen Umschlag. Nein, wahrhaftig nicht. Katja soll verschwinden, sie geht mir auf die Nerven. Will sie mir Angst einjagen? Sie? Eine Kellnerin!

»Soll es das sein?«, frage ich unwirsch und zeige auf das Buch in ihrer Hand. »Neun fünfundneunzig.«

Sie wirft das Buch achtlos auf den Tisch mit den Neuerscheinungen. »Überrläg es dirrr.«

Sie dreht sich zur Seite und ich sehe die Ausbeulung ihrer Tasche. Diesmal verzichtet sie auf den Fingerzeig. Einen Augenblick später öffnet sie die Tür, ein kalter Luftzug durchzieht den Laden. Mich fröstelt.

*Am nächsten Morgen stand der Wagen schräg gegenüber auf der anderen Straßenseite, vor dem Fenster eines Feinkostgeschäftes.*

Fortan muss der Cafébesuch ausfallen, ich habe zu viel zu tun. In der Vorweihnachtszeit macht der Buchhandel den Hauptumsatz.

Mittlerweile bin ich todmüde, jede Nacht liege ich wach und grübele entweder über meinen Roman oder über rothaarige Kellnerinnen, die mich verfolgen. Im Geschäft erwarte ich bei jedem Läuten der Türglocke, Katja zu sehen. Tag für Tag wächst mein Ärger.

Aber sie kommt nicht.

Stattdessen bekomme ich Postkarten mit Krimimotiven. Mit jeder Post neuerdings. Auf der Rückseite ist stets nur ein Fragezeichen mit Filzstift gemalt.

Die schlaflosen Nächte machen sich bemerkbar. Meine Bewegungen sind fahrig, ich verrechne mich permanent, so kann es nicht weitergehen. Ständig erwarte ich, dass sie den Laden betritt, womöglich meine Kunden verschreckt. Nein, es muss sich etwas ändern. Meine Geduld ist am Ende, jetzt ist Schluss mit lustig. Jetzt wird es ernst.

Als ich an diesem Abend die Ladentür abschließe, atme ich auf. Ich weiß, was ich zu tun habe.

*Sie verharrte am Fenster und beobachtete die Straße. Eine rothaarige Frau stand auf der gegenüberliegenden Seite, rauchte eine Zigarette. Sie trug ein grünes Sommerkleid, das mit orangeroten Kreisen bedruckt war, deren Farbton perfekt zu ihren Haaren passte. Scheinbar betrachtete sie die Auslage im Schaufenster der Boutique. Die Handtasche, die der Roten über der Schulter hing, war groß und ausgebeult.*

*Sie kannte das von ihren eigenen. Die Frau war eine wie sie.*

Der Text fließt heute nur so in die Tasten. Na also, es geht doch!

*Sie ölte ihre Česká, schraubte den Schalldämpfer auf und steckte die Waffe in einen frischen Leinenbeutel. Die Tasche, in der sie den Beutel verstaute, hatte sie mit Bedacht ausgewählt. Der unförmige Häkelsack war ein Weihnachtsgeschenk ihrer Schwester gewesen. Er hatte sich schon oft als sehr nützlich erwiesen. Sie konnte unauffällig eine Hand hineinstecken, die Waffe greifen und schießen, ohne das jemand etwas bemerkte. Ideal.*

*Als sie erneut aus dem Fenster schaute, war die Frau verschwunden. Einerlei, sie würde wiederkommen.*

Ich packe meine Tasche, den bunten Beutel, den meine Schwester selbst gehäkelt hat. Ein ausgebeultes, hässliches Teil, aber sehr praktisch. Ich habe es eilig, heute Abend bin ich seit Langem einmal wieder verabredet. After-Work-Drink mit Thorsten.

Wie erwartet ist mein Bekannter hilfsbereit. Kein Wunder, so wie ich mich in Schale geworfen habe. Die Boutique im

Haus gegenüber führt sehr hübsche Kleider aus Wolle in originellen Farben und Schnitten. Ich habe mir für diesen Anlass einmal etwas gegönnt.

Am nächsten Morgen bin ich die Ruhe selbst, als ich das Café betrete und meinen üblichen Platz ansteuere.

»Langäh nicht gesähn«, sagt Katja zur Begrüßung.

Ich bestelle bei ihr einen Cappuccino und beginne zu arbeiten.

*Neue Aufträge nahm sie vorläufig keine an, sie musste einen eigenen Auftrag ausführen. Eine Kleinigkeit.*

*Schon am nächsten Tag stand die Fremde wieder vor ihrem Haus.*

*Diesmal erwartete sie die Frau versteckt in der Toreinfahrt des Nachbargebäudes. Als die Rote schließlich ging, folgte sie ihr. Über ihrer Schulter hing der präparierte Häkelbeutel.*

»Bitta schön«, sagt Katja. »Du hast überlägt?«

»Ja«, sage ich.

»Und?«, fragt Katja und zieht sich einen Stuhl heran, auf den sie sich fallen lässt.

»Nein, niemals.«

Die Mundwinkel der Russin sinken herunter, als hängen Bleigewichte daran. »Warrrum nicht?«

Ich schweige, sehe sie mit gerunzelter Stirn an. Katjas Augen funkeln.

»Warrrum nicht?«, insistiert sie mit einem deutlicheren Akzent als sonst.

Ihre Hartnäckigkeit macht mich wütend. Andererseits bewundere ich sie auch. »Ich bin Schriftstellerin. Ich erschaffe meine Figuren selbst.«

Sie schiebt die Lippen vor. »Ich gute Figurrr«, beharrt Katja.

Da mag sie allerdings recht haben.

Katja stellt sich vor mich, starrt mich an, ich konzentriere mich auf meinen Text. Nach einer gefühlten Ewigkeit geht sie.

Am Abend kommt sie in die Buchhandlung, steht vor einem Regal, stiert mich an, schweigt und verschwindet schließlich wieder. Zufällig finde ich eine Postkarte, die zwischen zwei Büchern herausragt. Darauf stehen nur drei Worte: *Du nimmst mich!*

Am nächsten Mittag besuche ich erneut das Café, halte Katjas vorwurfsvollen Blick aus.

Meine Nerven sind gespannt wie Drahtseile, doch ich bin eiskalt, die Ruhe selbst, sogar dann, wenn sie in meine Buchhandlung kommt. Mit Befriedigung registriere ich, dass ich sie verunsichere. Offenbar hat sie mit dieser Kaltblütigkeit nicht gerechnet.

Dennoch kommt sie jeden Abend. Manchmal wartet auch ein junger Mann vor der Tür auf sie. Dieser Sergej? Sie machen mir keine Angst. Im Gegenteil. Ab jetzt gehe ich täglich in das Café. Jeden Mittag, Tag für Tag, eine Woche lang. Mein Roman macht prächtige Fortschritte, seit ich einige grundlegende Änderungen vorgenommen habe.

*Es ist so weit. Ich erwarte sie wieder in der Toreinfahrt. Katja Rastowa, die rothaarige Agentin. Sie wohnt nur ein paar Straßen von hier, im obersten Stock eines Altbaus. In ihrer Wohnung habe ich eine Schallplattensammlung mit russischen Schlagern, diverse Unterlagen in kyrillischer Schrift und ein frisches Magazin für eine Česká gefunden. Sie benutzt das gleiche Modell wie ich.*

*Es ist später Nachmittag, ein dunkler Winternachmittag. Die Leuchten der Weihnachtsgirlande, die die Straße überspannt, spenden ein mattes Licht, das kaum bis auf den Asphalt gelangt. Da steht sie, vor der Boutique. Sie ist allein.*

*Ich trete einen Schritt vor, die Hand in dem Häkelbeutel meiner Schwester. Ich nähere mich ihr von hinten, sie beachtet mich nicht. Zwei Schritte trennen uns, ein leichtes Ziel. Du wirst mir nicht mehr folgen!*

*Langsam dreht sie sich um. Ich sehe, wie sie überrascht die Brauen hebt.*

*Ein Schuss in die Stirn, ein prüfender Blick.*

*Erledigt.*

RANDNOTIZ

Seit 1996 wird am 23. April weltweit
der Unesco-Welttag des Buches und des Urheberrechts gefeiert.
An vielen Orten finden zu diesem Anlass Lesungen statt.

*Leo P. Ard*

# Die Todsünden der Buchhändlerin Roswitha E.

Hauptkommissar Brenner saß im Vernehmungsraum der Mordkommission und lehnte sich entspannt zurück. Dies war ein leichter Fall. Der Mann hatte sich widerstandslos in der Nähe des Tatorts festnehmen lassen und die Tat sofort zugegeben. Er bestand nicht mal auf einen Anwalt.

Obwohl bisher niemand auf die Idee gekommen war, Brenners Kampf gegen das Verbrechen in einer Dokusoap festzuhalten, galt er doch als einer der besten und beliebtesten Polizisten in ganz Ostwestfalen. Brenner konnte eine ansehnliche Aufklärungsrate vorweisen, was er vor allem seiner Menschenkenntnis und ausgeklügelten Vernehmungstechnik verdankte. Auch mit seinem Äußeren war Brenner zufrieden, sah er doch aus, als ob er einem Werbeplakat der Polizei entsprungen war: hochgewachsen, sportlich, ein ernster, aber keineswegs unfreundlicher Blick. Obwohl er Mitte fünfzig war, hätte er mit seinem jugendhaften Lächeln auch gut als Verkäufer von Hausratsversicherungen, Schnellfeuergewehren und Viagra durchgehen können.

Auf seiner linken Hand, die auf dem Aktendeckel ruhte, vögelten zwei Fliegen. Er konnte keine Rücksicht auf die Liebenden nehmen, klappte den Ordner auf und schaute sich die Fotos von Opfer und Tatort an.

Roswitha Engermann war einundfünfzig Jahre alt geworden. Eine kleine, etwas rundliche Frau mit einem freundlichen Gesicht. Selbst der Tod hatte ihr nicht das warme Lächeln genommen, mit dem sie auch den Kommissar stets begrüßt hatte, wenn er ihre Buchhandlung betrat, um sich mit Urlaubslektüre einzudecken. Ihr Kopf war unnatürlich verdreht, Folge des heftigen Schlages mit der Tatwaffe. Das Mordinstrument war von allen Seiten fotografiert worden. Es handelte sich um eine Bibel, illustriert mit Zeichnungen und Gemälden von Salvador Dalí. Ausmaße: 30,6 x 22,3 x 5,3 cm, 2,2 kg schwer und mit Fingerabdrücken des Geständigen übersät.

Der Todeszeitpunkt lag nach Auskunft des Rechtsmediziners zwischen 8:30 und 9:00 Uhr, was sich mit der Aussage des Täters deckte. Der hatte anschließend die Buchhandlung verlassen, in einem nahen Bistro einen Kaffee zu sich genommen und um 9:16 Uhr die Polizei angerufen.

Die Tür zum Vernehmungsraum öffnete sich und Hauptwachtmeister Rippelmeyer führte einen entspannt wirkenden Mann in Jeans und Sakko herein, der sich kurz im Raum umschaute und dann unaufgefordert auf dem freien Stuhl gegenüber dem Hauptkommissar Platz nahm.

»Soll ich ihm die Handschellen abnehmen?«, fragte der Hauptwachtmeister und strich sich mit der Hand über seinen ergrauten Schnurrbart.

Brenner nickte und Rippelmeyer machte seinen Job, bevor er grußlos den Raum verließ.

Brenner musterte den Mann. Er hatte mittellanges, leicht ergrautes Haar, trug eine Brille und einen Dreitagebart. Die Lachfalten um seine braunen Augen verrieten, dass er kein Kind von Traurigkeit war. Brenner fand ihn nicht unsympathisch.

»Wollen wir anfangen?«

Sein Gegenüber nickte und Brenner startete das Aufnahmegerät.

»Heute ist der 24. Juni. Es ist 12:40 Uhr. Die Befragung des Beschuldigten führt Hauptkommissar Brenner durch.«

Brenner schob das Mikro in die Tischmitte. »Sie werden als Beschuldigter einvernommen. Ihnen wird vorgeworfen, die Buchhändlerin Roswitha Engermann am gestrigen Morgen getötet zu haben. Es steht Ihnen frei, sich zur Tat zu äußern. Sie können jederzeit einen Anwalt hinzuziehen. Möchten Sie sich äußern?«

»Ja!«

Brenner nickte zufrieden, er hatte nichts anderes erwartet.

»Fangen wir mit der Feststellung der Personalien an!«

Sein Gegenüber räusperte sich und zupfte sein graues Leinensakko zurecht.

»Ich heiße Jürgen Pomorin und wurde am 15. Januar 1953 in Bochum geboren. Dort bin auch wohnhaft. Ich bin Autor von Beruf, genauer gesagt, ich schreibe Kriminalromane.«

Obwohl Brenner Krimis liebte, hatte er den Namen des Schreiberlings noch nie gehört. Allerdings verschmähte er Krimis, die in Deutschland spielten, und vergnügte sich lieber an dänischen oder schwedischen Mordgeschichten.

»Sie sind gestern aus Bochum zu einer Lesung angereist. Mit dem Zug?«

Der Autor nickte. »Frau Engermann hatte mir die günstigsten Zugverbindungen am Telefon genannt. Jedenfalls hatte ich mich darauf verlassen, aber die Buchhändlerin muss etwas durcheinandergebracht haben, denn ich habe stets die Anschlusszüge verpasst. Letztendlich war ich sechs Stunden unterwegs.«

Brenner runzelte die Stirn. »Sechs Stunden für zweiundachtzig Kilometer? Da hätten Sie auch das Fahrrad nehmen können.«

Der Autor nickte erneut.

»Frau Engermann wollte mich am Bahnhof abholen. Als

ich sie anrief, sagte sie mir, dass sie nun doch keine Zeit habe, ich solle ein Taxi nehmen. Das habe ich dann auch gemacht. Die Kosten wollte sie mir aber nicht ersetzen, das fand ich ziemlich mies.«

Brenner lehnte sich zurück. »Erzählen Sie vom gestrigen Abend!«

»Es waren noch zwei Stunden bis zur Lesung. Da ich noch nichts gegessen hatte, wollte ich eine Kleinigkeit zu mir nehmen. Frau Engermann fand die Idee nicht so gut und bat mich, ihr ein wenig zu helfen.«

»Was Sie auch getan haben«, mutmaßte Brenner.

»Die erste Stunde musste ich Bücherkartons aus dem Keller in die Buchhandlung tragen und auspacken, dann das Klo reinigen, anschließend den Raum für die Zuhörer vorbereiten, Stühle aufstellen und so.«

»Was hat Frau Engermann in der Zeit gemacht?«

»Sie hat recherchiert. Sie gibt an der Volkshochschule einen Kurs über die Nachwirkungen der Werke Platos bei Machiavelli, Heidegger und Strauss.«

Brenner nickte. »Frau Engermann war eine sehr gebildete Frau. Wann begann Ihre Lesung?«

»Sie sollte um zwanzig Uhr beginnen. Da waren aber erst zwei Zuhörer anwesend. Frau Engermann hat noch ein wenig herumtelefoniert und schließlich kamen noch vier Frauen aus dem VHS-Kurs. Ich war schon ein wenig irritiert. Normalerweise kommen dreißig bis vierzig Leute zu meinen Lesungen. Na ja, aber wieso hätten auch mehr kommen sollen? Frau Engermann hatte es nicht für notwendig gehalten, die Presse zu informieren, Flyer zu verteilen oder Plakate aufzuhängen.«

Brenner zog die Augenbrauen hoch. »Das verstehe ich nicht. Frau Engermann hat Sie doch eingeladen. Sie muss doch ein Interesse daran gehabt haben, dass der Saal voll wird.«

»Davon bin ich auch ausgegangen. Aber sie hat mir hinterher erzählt, dass sie mich nur engagiert hat, weil meine Verlegerin ihr sonst nicht den Bestsellerautor vermittelt hätte, der im gleichen Verlag veröffentlicht. Frau Engermann mochte keine Kriminalromane. Sie hatte auch nur drei Exemplare meines letzten Buches vorrätig.«

»Sind die anschließend verkauft worden?«

»Leider nein!«

Brenner legte die Stirn in Falten. »Ich entnehme Ihren Ausführungen eine gewisse Frustration. Ihr Verhältnis zu Frau Engermann war etwas angespannt. Kann man das so sagen?«

Der Autor nickte. »Die vier VHS-Frauen sind nach einer halben Stunde gegangen und da die beiden anderen Besucher offenbar auch nur aus Freundlichkeit zu Frau Engermann gekommen waren, wollte ich die Lesung nach einer Dreiviertelstunde beenden. Aber Frau Engermann bestand auf Vertragserfüllung. Ich habe eineinhalb Stunden lesen müssen.«

Brenner zuckte mit den Achseln. »Vertrag ist Vertrag!«

Der Autor rückte seine Brille zurecht. »Im Vertrag steht auch, dass der Autor nach der Lesung zum Essen eingeladen wird. Ich hatte telefonisch mit Frau Engermann verabredet, dass wir nicht zu einem Griechen gehen.«

»Das ist aber sehr extravagant!«

Der Autor schüttelte den Kopf. »Überhaupt nicht. Ich habe manchmal drei Lesungen in der Woche. Immer landen wir beim billigsten Griechen der Stadt. Ich kann kein Zaziki, Gyros und Moussaka mehr sehen.«

Brenner grinste. »Das kann ich verstehen!«

»Und wo führte sie mich hin?«, fuhr der Autor fort. »In die Taverne *Mykonos.* Angeblich waren die anderen Restaurants bereits geschlossen. Ich habe auf das Essen verzichtet und Frau Engermann gebeten, mir das Hotel zu zeigen, in dem ich nächtigen sollte. Dann kam die nächste Überraschung.«

»Wieso? Unsere Hotels sind tadellos!«

»Sie hatte kein Hotelzimmer gebucht. Ich sollte in ihrem Gästezimmer schlafen, um Kosten zu sparen.«

»Okay. Das ist nachvollziehbar!«

Das Gesicht des Autors lief rot an. »Das sogenannte Gästezimmer entpuppte sich als ehemaliges Kinderzimmer ihrer mittlerweile erwachsenen und ausgezogenen Tochter. Es ist rosa angestrichen, mit Postern von Pferden an der Wand. Das Bett mit einem stabilen Holzrahmen ist eins siebzig lang, ich bin eins fünfundachtzig groß. Auch die Bettwäsche war rosa, mit Motiven von einem Ponyhof. Der Weg zur Toilette führte durch das Schlafzimmer von Frau Engermann. Obwohl ich dringend aufs Klo musste, konnte ich das Bad zunächst nicht benutzen, weil Frau Engermann ein ausgiebiges Wannenbad nahm.«

Brenner stellte sich vor, wie der Autor mit voller Blase vor der Toilette auf und ab lief. Kein schöner Gedanke. Mit einer Handbewegung forderte er den Schreiberling auf fortzufahren.

»In meiner Not habe ich meine Blase im Blumentopf auf dem Balkon entleert. Dann habe ich die Matratze auf den Fußboden gelegt und war gerade eingeschlafen, als mich Frau Engermann weckte und mich zu einem Glas Wein einlud. Ich wollte nicht unhöflich sein und zog mich wieder an. Der lauwarme Wein kam aus der Tüte und Frau Engermann von Hölzchen auf Stöckchen. Ärger bei der Erziehung ihrer Tochter, Rosenkrieg mit ihrem Mann, Probleme mit Orangenhaut, Differenzen mit der Kirchenleitung, dem Börsenverein und der Rentenversicherung.«

Brenner lächelte. »Die Frau war immer froh, wenn ihr mal jemand zugehört hat. Ich kenne das. Unter einer Stunde kam ich nie aus dem Laden raus.«

Der Autor krempelte die Ärmel seines Sakkos hoch. »Weil ich Hunger hatte, habe ich alle Nüsse gegessen, die in einer Kristallschale auf dem Wohnzimmertisch standen. Als ich die letzte Nuss im Mund hatte, sagte sie, dass sie froh sei, dass es mir schmecke. Sie würde immer nur die Schokolade drum herum essen.«

Brenner dachte einen Moment nach, dann verzog er angewidert das Gesicht. »Oha!«

Der Autor holte tief Luft. »Den Tütenwein hat Frau Engermann allein ausgetrunken. Er muss ihre Libido angeregt haben, denn sie setzte sich zu mir auf die Couch und fummelte an meinem Knie herum. Ich habe mich fluchtartig ins Kinderzimmer zurückgezogen, das allerdings nicht abzuschließen war. Deshalb habe ich den Kleiderschrank vor die Tür geschoben. Nach einer Weile hat sie die Versuche, ins Zimmer zu gelangen, abgebrochen, sich an die Hammondorgel gesetzt und gespielt. Ich habe prinzipiell nichts gegen Kirchenmusik, aber Frau Engermann war Anfängerin. Ich glaube, es war fünf Uhr, als es endlich ruhig wurde.«

»Das war eine kurze Nacht für Sie«, sagte Brenner mitfühlend.

»Ja, denn um sieben klopfte sie an die Tür und rief, dass es Zeit fürs Frühstück sei. Das musste ich mir dann selbst zubereiten.«

»Was so ungewöhnlich nicht ist«, meinte Brenner.

»Mit einer Getreidemühle«, fuhr der Beschuldigte fort. »Ich konnte zwischen Weizen, Dinkel und Roggen wählen. Dazu gab es fettarmen Joghurt und Malzkaffee!«

»Malzkaffee«, entfuhr es Brenner, der morgens mindestens eine halbe Kanne Bohnenkaffee trinken musste, bevor er ein Wort herausbringen konnte.

»Im Hintergrund lief WDR 4!«

»Wie schrecklich!« Der Hauptkommissar hielt das Singen

deutscher Schlager für einen eindeutigen Verstoß gegen die Haager Landkriegskonvention. Er war nahe daran, tröstend seine Hand auf den Oberarm seines Gegenübers zu legen. »Wie haben Sie das alles nur aushalten können?«

Der Autor winkte ab. »Sie glauben nicht, was ich vor und nach den Lesungen alles erlebe. Man bekommt eine dicke Haut. Ich wollte nur noch mein Honorar kassieren und dann mit dem nächsten Zug verschwinden.«

Brenner nickte. »Das kann ich verstehen. Wieso ist es nicht dazu gekommen?«

Der Autor strich sich Haare hinter das Ohr. »Frau Engermann ging mit mir in die Buchhandlung. Ich dachte, dass sie mir dort das Geld geben wollte, aber zunächst musste ich die Stühle zurück auf den Dachboden schleppen. Als ich fertig war, schenkte sie mir einen Stapel Bücher. Auf den ersten Blick war zu erkennen, dass es sich um kostenlose Leseexemplare und Mängelware handelte.«

»Immerhin eine nette Geste«, unterbrach der Hauptkommissar.

»Damit kann ich meine Miete aber nicht bezahlen.«

Brenner runzelte die Stirn. »Die Bücher sollten das Honorar sein?«

Der Autor nickte. »Ich habe das natürlich abgelehnt. Frau Engermann meinte daraufhin, dass ich undankbar sei. Immerhin habe ich bei ihr schlafen können und sei köstlich bewirtet worden.«

Brenner schüttelte den Kopf. »Ich fasse es nicht!«

Der Autor hob den Zeigefinger der rechten Hand in die Höhe. »Es kam noch schlimmer!«

Der Zeigefinger des Autors schnellte vor und landete auf dem Foto mit der Dali-Bibel. »Sie nahm die Bibel und zitierte mit einem süffisanten Lächeln. ›Seid allezeit fröhlich, betet ohne Unterlass, seid dankbar in allen Dingen.‹«

Brenner beugte sich vor. »Ich hätte die Frau erschlagen!«

Der Autor wies mit dem Zeigefinger auf den Hauptkommissar, nickte und schwieg.

Das tat auch Brenner.

Minuten schlichen vorbei wie Stürmer des VfL Bochum.

Dann räusperte sich der Autor. »Was passiert jetzt weiter mit mir?«

Brenner massierte seine Stirn.

»Ich werde mit dem Staatsanwalt reden. Für mich ist das ein klarer Fall von Notwehr, ausgelöst durch körperliche und seelische Grausamkeit.«

Er schaltete das Bandgerät ab.

»Sie können gehen!«

Der Autor nickte und reichte Brenner zum Abschied die Hand.

Nachdem sich die Tür zum Vernehmungsraum geschlossen hatte, bemerkte Brenner, dass auf seiner Hand erneut die beiden Fliegen vögelten. Sie konnten offenbar nicht genug kriegen. Vielleicht sind es Eintagsfliegen, dachte Brenner und klappte die Akte zu.

**RANDNOTIZ**

Jährlich erscheinen im deutschen Sprachraum bis zu 90.000 Erst- und Neuauflagen, circa 15.000 sind belletristische Titel und davon wiederum circa 2.000 der Kriminalliteratur zuzuordnen.

*Niklaus Schmid*

# Das Manuskript

Das Wichtigste beim Schreiben, sagt mein Kollege Fred Neuendorf, sei die Recherche, das Darstellen auch kleinster Details. Da bin ich anderer Meinung: Wichtig ist das Weglassen. Nun, Neuendorf schreibt dicke Kriminalromane, ich bin Dichter.

Erst neulich noch hatten wir deswegen eine Diskussion. Es war spät am Abend und Ausbeute des Tages waren ganze vier Zeilen. Neuendorf lachte darüber, er habe gerade noch mal zehn Seiten zu den übrigen fünfhundert in den PC gehämmert und sei mit seinem neuen Roman jetzt nahezu fertig.

»Worum geht es denn?«

»Das werde ich Ihnen doch nicht verraten, Herr Kuhn. Das weiß keiner, nicht einmal mein Verleger.«

Später erzählte er mir dann doch, worum es ging: »Eine Mafiastory, wie mit den ersten Gastarbeitern in den Sechzigerjahren auch die organisierte Kriminalität südländischer Prägung in Deutschland ihren Einzug hielt.«

Das Thema habe er mir nur deshalb verraten, so ließ er durchblicken, weil ich ja kein richtiger Kollege sei. Stimmt, mein Geld verdiene ich als Taxifahrer. Hätte ich entgegnen sollen, dass ich drei Jahre Germanistik studiert habe? Geschenkt! Neuendorf hätte nur geringschätzig geschnaubt. Er gehört zu den Menschen, die glauben, wahre Literaten seien harte Männer, die ihre Erlebnisse verarbeiten wie Dashiell Hammett, der selbst Detektiv war. Oder die sich durchs Leben huren und saufen wie Charles Bukowski seinerzeit. Mich hält Neuendorf für einen Spießer, wenn er sich überhaupt die Mühe macht, über mich nachzudenken. Er kennt mich nur von den Taxifahrten. Am Ende einer dieser Touren hatte ich ihm mein Geschäftskärtchen gegeben: »Übrigens, ich schreibe auch.«

»Was denn?«

»Gedichte.«

»Klasse, Mann, weitermachen!«, hatte er mir geraten und hinzugefügt: »Gedichte, na ja, immer noch besser, als in den leeren Stunden ganz zu verblöden.«

Nun, die »leeren Stunden« haben durchaus ihren Vorteil. Da mache ich mir nämlich so meine Gedanken, da entstehen die Gedichte, die ich zunächst in einem Ringblock notiere, um sie dann später in meinen Computer zu tippen. Ich habe sogar schon bei einigen Ausschreibungen mitgemacht. Aus Spaß, denn was das Honorar angeht: Dafür würde keine Putzfrau ihren Schrubber aus dem Besenschrank holen, kein Taxifahrer den Anlasser betätigen. »Brotlose Kunst«, urteilen meine Kollegen, also die Jungs, die in ihrer Wartezeit hinter dem Steuer Zeitung lesen oder Radio hören. »Mensch, Moritz, musst mal 'nen Bestseller schreiben«, sagen sie und lachen.

Kollege Neuendorf ist auf dem besten Weg dahin. Der bekommt für einen Roman zwanzig- oder dreißigtausend als Vorschuss, normalerweise. Diesmal arbeitet er ohne Vorschuss, weil ja noch keiner von seinem Vorhaben weiß. Neuendorf hat Angst, dass ihm jemand die Idee klaut.

»Ich dachte, die Ausführung sei wichtig, der Stil.«

»Im Prinzip schon«, hat er geantwortet. »Aber manchmal liegen bestimmte Themen in der Luft, da muss man als Erster auf dem Markt sein. Zudem gibt es Romane, bei denen der Plot, die Idee, eine außergewöhnliche Rolle spielt, und wenn die jemand vor dir verwertet, kannst du deine Arbeit vergessen.«

Als Beispiel hat er den Roman *Zwei Fremde im Zug* von Patricia Highsmith genannt. »Eine geniale Idee, dieser Mord überkreuz; einer mordet für den anderen, sodass keiner ein Motiv hat und beide nicht zum Kreis der Verdächtigen zählen. Doch ja, die Highsmith ist schon gut, aber mit dieser grandiosen Idee hätte auch ein weniger begabter Schreiber Erfolg haben können.«

Neuendorf wohnt außerhalb der Stadt in einem Haus am Waldrand. Sein Refugium: kein Telefonanschluss, kein Fernsehen, keine Ablenkung, so könne er sich voll auf die Ausarbeitung konzentrieren.

»Und was ist mit den Recherchen?«, brachte ich ihn auf sein Lieblingsthema.

»Ungeheuer wichtig!«, fing er den Ball auf. »Wenn ich zum Beispiel über einen Taxifahrer wie Sie schreiben müsste, dann würde ich eine Weile selbst Taxi fahren. Und der Figur des Taxifahrers würde ich Ihren Namen geben, dann hätte ich Sie beim Schreiben vor Augen. Das ist meine Methode.«

Ein paar Tage nach diesem Gespräch hatte ich eine Fahrt, die mich in die Nähe von Neuendorfs Haus brachte. Es war schon dunkel. Meinen Wagen stellte ich etwas abseits zwischen den Büschen ab. Kein Telefonanschluss, aber eine Kaffeemaschine wird er wohl haben, ging es mir durch den Kopf.

Ich schellte, doch nichts rührte sich im Haus.

In Neuendorfs Büchern lassen sich die Helden von geschlossenen Türen nicht aufhalten. Na dann!

Genau wie die Typen in seinen Romanen versuchte ich es mit einer Plastikkarte. Es klappte. Hätte ich nicht gedacht.

Im Haus roch es nach abgestandenem Wein. Das Licht wollte ich nicht anschalten, aber ich hatte meine Stablampe mitgenommen. Was Neuendorf wohl für ein Gesicht machen würde, wenn er zur Tür hereinkäme?

Ich überlegte mir schon einen lässigen Spruch: Hallo, Kumpel, Gefahr ist mein Geschäft. Oder: He, altes Haus, Überraschung ist mein zweiter Vorname.

Das klang stark nach Raymond Chandler, aber was sollte es. »Um den Altmeister kommt keiner von uns herum«, hat Neuendorf mal behauptet. »Wir haben doch alle von ihm gelernt.«

Im Moment interessierte mich vor allem, wie weit er mit seinem Roman war. Ich ließ meine Lampe kurz aufleuchten. Kein Papier auf dem Schreibtisch, keine Notizen, nichts. Plötzlich zweifelte ich, ob seine Angaben überhaupt stimmten. Was wäre, wenn ihn zurzeit eine sogenannte Schreibblockade plagte und er nicht eine einzige Zeile aufs Papier brachte?

Nun, ein Computer stand da, das zumindest. Mir kam eine Idee.

Ich schaltete den Computer ein. Der Bildschirm leuchtete auf; schon lag die Maus in meiner Hand. *Eigene Dateien*, Doppelklick. Da standen sie, all die Ordner und Dokumente, was für ein fleißiger Mensch! Zum Glück gab es ja die Suchfunktion. Ich tippte das Wort *Mafia* ein, drückte die Eingabetaste – drei Dateien erschienen, die größte davon musste der neue Roman sein.

Doppelklick, es öffnet sich die Titelseite, Überschrift: *Ene, mene, muh …*

Seltsamer Titel!

Und der Anfang? Mal schauen:

*Den Anruf mit der Drohung erhielt er am Montag, die Killer selbst kamen Freitag. Es wurde ein blutiges Wochenende.*

Guter Einstieg, das musste ich zugeben. Ich überflog die folgenden Seiten. Nicht schlecht, das las sich tatsächlich wie das deutsche Gegenstück zum Paten von Mario Puzo.

Mit den Tasten STRG + ENDE sprang ich zur letzten Zeile des Manuskripts. Über fünfhundert Seiten, der Kerl hatte nicht gelogen. Tatsächlich fehlte da nur noch der Schluss und es gab einige Stellen im Lauftext, die mit einem doppelten Fragezeichen versehen waren. Ich blätterte ein paar Kapitel zurück.

*»Was sollen wir mit ihm machen?«, fragte der Gorilla seinen Chef.*

*»Frag ihn, auf welchen Finger er verzichten will«, sagte der Mafiaboss.*

*Der Gorilla zuckte die Achseln, steckte seine Beretta ein und griff nach der Rosenschere …*

Verdammt spannend! Gerne hätte ich weitergelesen, aber das ging ja nicht. Oder doch?

In der Schreibtischschublade fand ich mehrere Speicherstifte; einen davon schob ich in die Öffnung am Rechner.

KOPIEREN. SENDEN AN. MEMODRIVE. Klick.

Es ging schnell. Von krimineller Energie konnte überhaupt keine Rede sein.

Ich wollte den Speicherstift schon herausziehen, doch dann klickte ich noch den Ordner *Briefe* an. Unterordner: *Privat* – nein, interessierte mich nicht. *Verlage* – ja, schon eher; mal sehen, welchen Ton der Kollege in seinen Briefen anschlug. *»Hier nun kommt mein neuer Roman …«* Hm, im Vergleich dazu gab ich mich in meinen Anschreiben viel zu wenig selbstbewusst, ja fast schon unterwürfig.

Zwei, drei Musterbriefe kopierte ich, auch einige Verlagsadressen und dann noch das Exposé des Romans. Maustaste, rechts, links. Fertig. Speicherstift entfernen! Ab in die Tasche!

Gerade rechtzeitig, denn ein Geräusch drang an mein Ohr. Ein Wagen näherte sich.

Schnell den PC herunterfahren und den Netzschalter aus!

Ein Schlüssel bewegte sich im Schloss, die Tür ging auf. Das war knapp! Ich fand gerade noch Zeit, mich – die Füße weit ausgestreckt, das Kinn auf die Handfläche gestützt – in eine lässige Position zu bringen.

Ich räusperte mich: »Na, alter Junge, da staunst du, was?« Ich sprach mit einer Stimme, die zu Humphrey Bogart gepasst hätte.

»Was soll das?«

Schemenhaft beobachtete ich, wie Neuendorf, ich hatte ihn an seiner Gestalt erkannt, nach dem Lichtschalter suchte.

Er hielt etwas in seiner ausgestreckten rechten Hand. Zuerst dachte ich, es sei eine Pistole. Doch dann sah ich, dass es eine Sprühdose mit Reizgas war. Ein tückisches Zeug, das viele meiner Kollegen vom Taxistand zur Selbstverteidigung griffbereit unterm Sitz liegen haben.

Ich ließ die Lampe aufblitzen. »Bitte nicht! Ich bin's, Moritz Kuhn ...«

»Längst weiß ich, wer du bist, du mieser kleiner Droschken-Dichter!«

Seine Linke fuhr in die Jackentasche und kam mit einem Mobiltelefon heraus. Geschickt tippte er mit dem Daumen eine kurze Nummer ein. Er wollte die Polizei rufen.

In meiner Verzweiflung versuchte ich, Neuendorf mit der Stablampe das Telefon aus der Hand zu schlagen, traf ihn jedoch, weil er schon in der Vorwärtsbewegung war, am Hals.

Er stürzte, rappelte sich auf die Knie, hielt mir die Sprühdose entgegen und schrie: »Dich mach ich fertig!«

Der brennt dir die Augen aus, dachte ich, besser du haust noch mal zu. Mit der Stablampe.

Doch dann ist mir irgendwie die Weinflasche in die Finger geraten.

Schließlich lag er da auf dem Boden und rührte sich nicht mehr. Notwehr, schoss es mir durch den Kopf, doch gleichzeitig wusste ich, dass mir keiner glauben würde.

Ich durchsuchte den Schreibtisch, danach die Schränke und andere Verstecke, fand eine externe Festplatte, etwas Bargeld und steckte alles ein.

Ich warf einen letzten Blick auf das Chaos in dem Raum. Perfekt – alles sah nach einem räuberischen Akt aus: Einbrecher wird auf frischer Tat überrascht, es kommt zu einer Auseinandersetzung, in deren Verlauf der Hausherr erschlagen wird.

*

Zwei Tage später, ich feilte gerade an einem Gedicht, das die Melancholie der Großstadt behandelte, machte mich ein Kollege auf eine Zeitungsnotiz aufmerksam.

*Krimischreiber erschlagen*, lautete die Schlagzeile. Von einem Raub war die Rede, und dass die Polizei den Rechner des Toten auf Fingerabdrücke untersucht habe.

»Ein Profi«, sagte ich zu meinem Kollegen, »hat sicher Handschuhe getragen.«

»Hast recht, Moritz. So, ich hab Kundschaft, kannst vorrücken.«

Ich schob meinen Wagen ein paar Meter vor, setzte mich wieder hinter das Steuer und suchte weiter nach einem passenden Stabreim, war aber nicht richtig bei der Sache. In der letzten Zeit beschäftigte mich ein neues Vorhaben. Ich hatte angefangen, einen Kriminalroman zu schreiben, und war auch schon ganz gut vorangekommen. Thema: die Mafia im deutschen Gaststättengewerbe.

*

Es lief wie am Schnürchen. Manchmal brütet man Stunden über ein paar Zeilen, dann wieder ist es, als ob der Text nur so aus einem herausfließt. Wahrscheinlich hatte ich das Thema schon Monate, wenn nicht Jahre mit mir herumgetragen, um es jetzt, ohne recht zu überlegen, in kürzester Zeit niederzuschreiben.

Zwei Wochen später war es so weit, dass ich meinen Text, der über fünfhundert Seiten umfasste, bereits überarbeiten konnte. Ich korrigierte, straffte, verschob ein paar Passagen und änderte den Namen meines Helden. Eine Weile spielte ich mit dem Gedanken, auch den Namen des Widersachers – eine lokale Mafiagröße – zu ändern, doch dann beließ ich es dabei. Bruno Talese: An den Namen hatte ich mich inzwischen gewöhnt; er klang nicht übertrieben und passte zu der Romanfigur.

*

Meinen Taxijob hatte ich trotz der intensiven Schreibarbeit nicht aufgeben. Es war ein sonniger Tag, als ich einen Fahrgast nahe der Fußgängerzone absetzte.

Ich parkte meinen Wagen in einer Seitenstraße und betrat die Buchhandlung. Zunächst suchte ich nach dem Lyrikband, der einen Beitrag von mir enthielt, konnte das Buch aber nicht finden. Noch vor wenigen Wochen hätte ich mich darüber geärgert, jetzt zuckte ich nur die Achseln und steuerte das Regal mit den Kriminalromanen an. Von zwei Verlagen, die vom Äußeren her einen guten Eindruck machten, nahm ich die Verlagsprospekte mit und begab mich wieder zu meinem Wagen.

Es war schon seltsam. Seit ich mich in die Gedankenwelt des Verbrechens begeben hatte, litt ich an Paranoia. Hin und wieder ertappte ich mich dabei, wie ich in den Rückspiegel schaute, ob mir nicht ein Fahrzeug folgte. Ich überlegte, ob es anderen Krimischreibern ähnlich ging.

Jedenfalls hatte ich auf dem Weg von der Buchhandlung zu meinem Taxistandplatz das Gefühl, von einem Wagen verfolgt zu werden. Und tatsächlich, kaum hatte ich mich in die Reihe der wartenden Taxen eingeordnet, hielt auf der gegenüberliegenden Straßenseite ein silbergrauer VW. Zwei Männer liefen auf mich zu. Einer beugte sich zu mir.

Ehe er etwas sagen konnte, machte ich meine Routinebemerkung: »Sorry, aber Sie müssen den ersten Wagen nehmen.«

»Herr Moritz Kuhn?«

»Ja.«

»Mal 'ne Minute Zeit? Wir hätten da die eine oder andere Frage.«

Es waren zwei Polizisten und es ging um diesen toten Schriftsteller, von dem ich in der Zeitung gelesen hatte. Die Polizei hatte in den Taschen des Opfers meine Geschäftskarte gefunden und die beiden Kripobeamten wollten von mir wissen, ob ich Fred Neuendorf an dem Tag gefahren hätte.

So aus dem Kopf wusste ich das nicht, aber nach Rücksprache mit der Zentrale, wo die Fahrten registriert wurden, konnte das geklärt werden.

»Nein, an dem Tag nicht. – Schrecklich, was mit Herrn Neuendorf passiert ist! Tut mir wirklich leid. Wir haben uns, wenn er mein Fahrgast war, ab und zu über das Schreiben unterhalten. Ich selbst schreibe nämlich auch, als Taxifahrer hat man ja zwischen den Fahrten oft lange Wartezeiten und in diesen leeren Stunden verfasse ich Gedichte und ...«

»Danke, Herr Kuhn«, unterbrach mich der Ältere.

Die beiden hatten ihr Interesse verloren, dabei hätte ich mich so gern mit ihnen unterhalten. Wie weit die Ermittlungen wären und überhaupt, schließlich sind Informationen aus erster Hand für Krimischreiber sehr wichtig.

*

In der Woche nach dieser Begegnung war es so weit. Ich druckte mein Romanmanuskript aus, um es an die beiden Verlage zu schicken.

Eine Woche später lag die erste Antwort im Briefkasten, ein Formschreiben, das Manuskript würde sorgfältig geprüft, aber bei der großen Zahl der Einsendungen … Nun, das kannte ich von meinen Gedichten.

Drei Tage danach kam, in ähnlicher Form, die Antwort des zweiten Verlages. Ich sollte mich auf eine Wartezeit von sechs, acht Wochen einstellen.

Doch wieder ein paar Tage später erhielt ich zu meiner Überraschung von diesem Verlag ein Schreiben, das besagte, dass man an meinem Roman interessiert sei.

Und dann ging alles sehr schnell. Gespräche mit der Lektorin, geringfügige Änderungen, ein anderer Titel. Das Buch sollte *Das Syndikat* heißen, um den authentischen Hintergrund meines *Tatsachenromans*, so der Untertitel, zu unterstreichen. Keine Einwände von meiner Seite.

Ich fühlte mich wie auf Wolke sieben.

*

Dieses Hochgefühl hielt in den nächsten Wochen und Monaten nicht nur an, es verstärkte sich sogar noch, denn mein Buch wurde von Fachkollegen für den Preis des besten Debütromans vorgeschlagen. Die Nominierung steigerte die Verkaufszahlen und weckte das Interesse der Presse. In Rezensionen war von der gründlichen Recherche, der Nähe zur Wirklichkeit und dem knappen »reporterhaften« Stil die Rede.

Bei so viel Lob bin ich fast rot geworden, anfangs. Inzwischen habe ich mich daran gewöhnt. Interviews in Zeitungsredaktionen und vor Radiomikrofonen gehören zu meinem Alltag und gestern, als vorläufiger Höhepunkt, war ich in einer Talkshow des regionalen Fernsehprogramms.

Heute rief ein Privatsender an, der mich in seiner Nachtsendung zu meinem Buch befragen will. »Wann?«, habe ich gefragt.

»Na, jetzt gleich«, war die Antwort, »so etwas machen wir doch aus dem Stand. Wir holen Sie ab.«

Eine Stunde später klingelten sie an der Tür. Sie waren zu zweit. Tula, eine schlanke Frau im Hosenanzug, die als Literaturexpertin die Moderation machen würde, und ein junger Mann mit Ziegenbärtchen, der sich mit: »Ich bin der Hubi von der Technik«, vorstellte. Die beiden führten mich zu einer eleganten Limousine. Der Fahrer, ein bulliger Typ in Lederjacke, nickte nur, als ich einstieg.

Die Literaturexpertin wollte wissen, wie ich auf die Idee zu dem Roman gekommen sei, was ich vorher gemacht habe – sie stellte die mir schon bekannten Fragen. Lag es an ihrer Art zu plaudern oder an ihrem aufregenden Parfüm, jedenfalls wurde mir erst recht spät bewusst, dass wir keineswegs in Richtung Autobahn und Sender fuhren, sondern uns einer Gegend mit leer stehenden Fabrikhallen näherten.

»Moment mal!«, hakte ich in Tulas Redeschwall ein.

»Ist was?«, fragte sie in veränderter Tonlage.

»Hier geht es zu keiner Sendeanstalt.«

»Der merkt aber auch alles«, grinste der Fahrer und der

Techniker erläuterte: »Wir wollen vor der Sendung noch ein wenig Atmosphäre schnuppern.«

In der Halle standen Werkbänke, spärliches Deckenlicht fiel auf allerlei Werkzeuge, richtig aufgeräumt war nur ein runder Gartentisch und an dem saß ein kleiner Mann mit faltigem Gesicht und las. Er legte das Buch aufgeschlagen über sein Knie und drehte sich so zur Seite, dass der Titel im Schein einer Schreibtischlampe zu lesen war.

»Ein schönes Buch«, sagte er. »Sehr authentisch.«

»Recherche ist wichtig.«

Seine Stimme, die einen leicht singenden Tonfall hatte, wurde schneidend: »Zu authentisch!«

»Wieso?« Die Bemerkung hatte mich, weil sie von der sonst gewohnten Beurteilung abwich, aus meinem Konzept gebracht. Was mich noch mehr irritierte, das war das Grinsen im Gesicht des Fahrers. Der Techniker und die Frau standen außerhalb des Lampenscheins.

»Ehrlich gesagt«, begann der Faltige, »Ihr Buch hat uns gar nicht gefallen. Um genau zu sein, sind es die in der Presse viel zitierten gut recherchierten Details, die uns Sorgen bereiten. Details, die für Ärger in der Branche gesorgt haben. In unserer Branche.«

»Ein Roman, das ist doch nur ein Roman.«

»Ein Tatsachenroman«, verbesserte mich der Faltige. »Und dann diese Namen! Wissen Sie eigentlich, wie ich heiße?« Er zeigte mit dem Daumen auf seine Brust, machte eine ironische Verbeugung und sagte: »Bruno Talese.«

»Soll das ein Witz sein?« Ich musste schlucken.

»Ich mache keine Witze. Wie sind Sie auf meinen Namen gekommen?«

»Ausgedacht, den hab ich mir ausgedacht, Herr Talese.«

»Und dann dieses Spielchen, das Sie beschreiben: Ene, mene, muh.«

»Auch ausgedacht, Herr Talese. Das ist alles reine Fiktion.«

Talese wiegte den fein geschnittenen Kopf. »Es gibt Leute, die da anderer Meinung sind, die sich an gewisse Ereignisse erinnert fühlen. Und die Gefühle dieser Menschen haben Sie missachtet.« Er griff nach dem Buch, schlug eine der ersten Seiten auf und zitierte: »Personen und Handlungen in diesem Buch sind keinesfalls immer zufällig. Meine Freunde und Kollegen werden amüsiert sein, der Rest kann sich warm anziehen.« Er rieb sich die Wangen. »Ein recht kesses Vorwort.«

»Ein Stilmittel, Herr Talese, auch das ist Fiktion. Denken Sie an den *Schakal.*«

»Ich denke nicht an den *Schakal,* Herr Kuhn, ich denke nur an Ihr Machwerk. Manche Autoren haben Schwierigkeiten, Fiktion und Wirklichkeit auseinanderzuhalten – bis sie dann am eigenen Leibe den Unterschied erfahren.«

Talese gab dem Fahrer ein Zeichen.

»Was sollen wir mit ihm machen, Chef?«

»Das Spielchen: Ene, mene, muh.«

Der Fahrer hielt ganz plötzlich eine Pistole in der Hand, machte drei Schritte und drückte mir den Lauf der Waffe gegen die Schläfe.

Ich schrie: »Verdammt, ist das hier ein Film?!«

»In diesem Punkt haben Sie recht, Herr Kuhn. Manchmal weiß man gar nicht mehr, wer wen kopiert, die Filmleute die Gangster oder die Gangster die Filmleute. – Josip, steck die Pistole weg, das ist doch Folklore.«

Josip gehorchte.

Während Talese weitersprach, zerrten der Fahrer und der Techniker mich zu der Werkbank. Eine Minute später klemmte mein Handgelenk im Schraubstock. Durch den Schleier vor meinen Augen verfolgte ich, wie die angebliche Literaturexpertin einen Verbandskasten öffnete und der Techniker in einem Werkzeugkasten kramte. Immer wieder hört man, dass einem in höchster Not Szenen aus seinem Leben durchs Hirn jagen ... Neuendorf im Lichtkegel meiner Taschenlampe ... seine Hand, die das Mobiltelefon hält ... war sie verbunden gewesen? Und am Ende des Manuskripts, hatte da nicht eine Notiz gestanden? *Alle Namen ändern!*

War das so gewesen oder stellte ich mir das alles, weil es jetzt so gut passte, in meiner Panik nur vor?

Talese trat an meine Seite. »Na, na, Sie großer Kriminalschriftsteller, Sie werden uns doch nicht zusammenklappen. Immerhin arbeiten wir beide mit denselben Mitteln: Spannung erzeugen, Nervenkitzel, Angst.« Er deutete auf meine eingeklemmte Hand: »Ihr Werkzeug«, und sprach dann, indem er jeden einzelnen meiner Finger berührte, den Abzählreim aus alten Kindertagen: »Ene – mene – muh – und – weg – bist – du!«

Sein Zeigefinger berührte meinen Mittelfinger.

Ich spürte, wie mir die Beine wegsackten.

Das Letzte, was ich vernahm, war: »Und nun die Rosenschere!«

**RANDNOTIZ**

Seit 1987 verleiht die Autorenvereinigung ›Das Syndikat‹ mit dem ›Friedrich-Glauser-Preis‹ einen der wichtigsten Krimipreise im deutschen Sprachraum. Folgende Geschichte ist aber selbstverständlich zu hundert Prozent der Fantasie der Autorin entsprungen.

*Lucie Flebbe*

# Katzenjammer

Igitt.

Angewidert betrachtete Cornelius das bauchige Glas auf dem Tisch neben der etwa zwanzig Zentimeter hohen, dunklen Statue. Der Rotwein roch nach Discounter. Cornelius wusste, warum er selbst nichts kaufte, was unter fünfzehn Euro kostete.

»Schmeckt ja wie's Kunstblut beim Tatort«, raunte er seinen vier Tischnachbarn zu.

Die zwei Frauen stellten ihre eigenen Gläser so erschrocken zurück auf die Untersetzer, als hätten sie die Leiche eines überdurchschnittlich großen Insektes darin entdeckt. Dabei hatte sich die süße Stewardess kurz zuvor noch nachgeschenkt. Die beiden Mäuschen hatten keinen Schimmer von einem guten Tropfen.

Das dürre Relikt aus Hippiezeiten links von ihm hingegen hielt ein Glas Wasser in der Hand. Allerdings war sich Cornelius nicht sicher, ob das auf Sachverstand in Sachen Wein hindeutete oder doch eher auf eine überwundene Alkoholerkrankung.

Der durchtrainierte junge Mann, der gegenüber saß, starrte Cornelius verständnislos an. Dann stürzte er den Inhalt seines Glases demonstrativ hinunter.

Doch Cornelius ließ sich nicht zu einer weiteren Bemerkung hinreißen, denn eine Aura unterschwelliger Aggression umgab den jungen Mann wie eine düstere Gewitterwolke. Eine schwarze Tätowierung rankte aus dem Kragen seines billigen Hemdes den Hals hinauf, den Unterkiefer entlang bis in sein Gesicht. Wahrscheinlich wirkte er zu keiner Tageszeit wie ein Pazifist, aber im Laufe des Abends hatte er dem Kunstblut in beunruhigendem Ausmaß zugesprochen.

Allerdings war auch mit den anderen drei Teilnehmern der Tischgesellschaft kein einigermaßen kultiviertes Gespräch zu führen.

Die Plätze waren ihnen zugewiesen worden, normalerweise hätte Cornelius keine drei Sätze mit solchen Banausen gewechselt. Wahrscheinlich hatte sich jemand beim Erstellen der Sitzordnung einen Scherz erlaubt. Was übrigens ein interessanter Ansatz für einen neuen Kriminalroman wäre: Bekannter Autor wird von Ignoranten in den Wahnsinn getrieben und läuft Amok.

Bevor das passieren konnte, griff Cornelius in die Tasche seines Jacketts und fummelte eine der Pillen aus der Packung. Zusammen mit seinem Körpergewicht war in den letzten Jahren auch sein Blutdruck angestiegen. Cornelius spülte die Tablette mit einem Schluck Kunstblut hinunter, bevor er sich wieder der Tischgesellschaft zuwandte.

Bei den beiden Damen in der Runde handelte es sich um eine Hausfrau mit zu viel Freizeit und eine niedliche, aber leider größenwahnsinnige Stewardess. Das magersüchtige Flowerpower-Fossil war ein – höchstwahrscheinlich aus psychischen Gründen – frühpensionierter Deutschlehrer. Über den Werdegang des besoffenen Tattoo-Freaks wollte Cornelius lieber nicht genauer nachdenken.

Die blonde Hausfrau war wohl die Zurechnungsfähigste in der Runde. Mit ihr hatte Cornelius wenigstens ein zähes

Gespräch in Gang setzen können. Glücklicherweise war er letzte Woche von einer Dresden-Reise zurückgekehrt, deshalb dozierte er seit über einer halben Stunde über Semperoper und Kreuzkirche. Die Blonde hatte offensichtlich keine Ahnung, wovon er sprach – Wissenslücken vom Ausmaß des Mittelmeeres taten sich auf. Immerhin wollte die Frau sich ihre Bildungsferne nicht anmerken lassen und nickte aufmerksam.

Sie selbst trug rein gar nichts zur Unterhaltung bei, und das ärgerte Cornelius mittlerweile.

»Womit beschäftigen Sie sich denn so in Ihrer Freizeit – mal abgesehen von Tupperpartys?«, erkundigte er sich gereizt.

Die freundliche Miene der Blonden gefror.

»Malerei, Musik?«

Mein Gott, irgendein Interesse hatte doch jeder!

»Na ja, ich höre gern Musik«, gestand sie kleinlaut und zog eine Miene, als hätte sie zugegeben, in ihrer Freizeit Katzen zu quälen.

»Na also! Was denn?«

»Andrea Berg«, nuschelte sie.

O je. Das war ganz dicht am Katzenjammer dran. Cornelius verzog das Gesicht, als hätte sie behauptet, gern norwegischen Gammelfisch zu essen. Und das hätte zumindest noch ein gewisses kulturelles Interesse bezeugt.

Das Gesicht der Tuppertante färbte sich knallrot und sie verstummte wieder.

Da war nichts zu machen. Cornelius wandte sich seufzend dem magersüchtigen Exdeutschlehrer zu. Der sah offenbar kommen, dass ein sinnvoller Gesprächsbeitrag von ihm erwartet wurde, und erblasste.

»Und Sie, Kollege? Mit welchen literarischen Meisterwerken haben Sie Ihren Schülern die deutsche Sprache nahegebracht?«, erkundigte sich Cornelius.

Das Wasserglas in der Hand des Dünnen zitterte, so fest umklammerte er es mit seinen knochigen Fingern. Er öffnete drei Mal den Mund, bevor *Onkel Alwin und das Sams* herauskam. Dabei hatte der Mann nur Wasser getrunken.

Cornelius kniff sich in die Nasenwurzel, als hätte er Kopfschmerzen: »Und da wundert ihr Lehrer euch über das Bildungsdesaster?«

Auf der Suche nach einem ergiebigeren Gespräch wanderte Cornelius' Blick zu der kleinen Stewardess, die neben dem tätowierten Raufbold saß. Es war ja bekannt, nach welchen Kriterien Fluggesellschaften ihr weibliches Personal einstellten. Im kurzen Rock einer Uniform war die Brünette durchaus geeignet, von dem Fraß abzulenken, der den Passagieren auf Flügen zugemutet wurde.

»Welchen Wein bevorzugen Sie denn normalerweise?«, knüpfte Cornelius noch einmal an das Getränkethema an.

Die Frau starrte auf den rot schimmernden Inhalt ihres Glases: »Trocken und rot?«

»Genauso gut könnten Sie sagen, dass Sie Autos mit Motor und Rädern bevorzugen.«

»Ehrlich gesagt, finde ich diesen Wein ganz in Ordnung«, sagte sie. »Ich kenne mich da nicht so gut aus.«

Cornelius griff sich verzweifelt an die Stirn. »Wie wollen Sie denn Ihre Passagiere in der ersten Klasse fachgerecht beraten, Mädchen?«

Das Wort ›Mädchen‹ ließ ihre dunklen Augen zornig aufglühen.

Südländisches Temperament, vermutete Cornelius. Dafür hatte er eine Schwäche.

»Ich empfehle Ihnen, Gustationsblätter anzulegen, auf denen Sie sich Stichpunkte zu Geruch, Geschmacksfarbe und Abgang notieren. Das schult. Ich lege für jeden Wein meiner Sammlung eine solche Notiz an.«

Feuer loderte in ihrem Blick. Wie bei Maria.

Der Gedanke an Maria rief Cornelius in Erinnerung, was für ein Chaos südländisches Temperament in seinem wohlgeordneten Leben anrichten konnte. Nein, alles war bestens, seit Maria vor zwölf Jahren gegangen war. Also: Finger weg von der Stewardess!

»Mir reicht es«, erklärte diese hitzig und ruckte ihren Stuhl lautstark zurück. »Viel Spaß noch.«

Die Tuppertante erhob sich ebenfalls, nicht ohne der Statue auf dem Tisch zum Abschied einen sehnsüchtigen Blick zuzuwerfen. Das Ding bestand aus einem scharfkantigen, massiven Quader, auf den sich eine glänzend schwarze Hand im Handschuh stützte. Mit knapp zwei Kilo war die Trophäe ziemlich schwer, Hartkunststoff vermutlich.

»Ich verabschiede mich auch«, ergriff der Magersüchtige hastig die Gelegenheit und lief den beiden Frauen nach.

Nur der Betrunkene und die Flasche Kunstblut blieben als Gesellschaft an Cornelius' Tisch zurück.

Wahrscheinlich wäre es die angenehmere Alternative, sich den drei anderen auf dem Weg ins Hotel anzuschließen, erkannte Cornelius. Doch als er sich umsah, fehlte von seinen Tischnachbarn bereits jede Spur. Dabei lag die Eingangstür am gegenüberliegenden Saalende. Die mussten ja gerannt sein ...

Der gesamte Festsaal hatte sich inzwischen geleert, nur vereinzelte Tische waren noch besetzt. Die Beleuchtung war aufgeflammt, die Kellnerinnen sammelten das Geschirr ein und die Musiker auf der Bühne verstauten ihre Instrumente in den Koffern.

Der Tätowierte beobachtete Cornelius mit einer Art von wissenschaftlichem Interesse. Mit einem ähnlichen Gesichtsausdruck könnte er auch einen toten Frosch auf einem Seziertisch begutachten. Die Miene passte nicht zu seinem

Erscheinungsbild. Ein Small-Talk-Talent war der Typ, der sich mithilfe eines Kauderwelschs aus Ruhrdeutsch und den Krach-Bumm-Effekten aus Comicheften verständigte, jedenfalls nicht. Cornelius nippte doch noch mal am Kunstblut, um das erdrückende Schweigen zu überbrücken, während er nach einem kompatiblen Gesprächsthema suchte.

Mit Kunst – Malerei, Theater und lächerlicherweise sogar Literatur –, da war er sich sicher, brauchte er es bei dem Kerl nicht zu probieren.

Ironie des Schicksals, dass ausgerechnet eine solche Ansammlung kultureller Analphabeten zusammen mit Cornelius für die begehrteste Auszeichnung deutschsprachiger Kriminalliteratur nominiert worden war.

Sein Blick wanderte zu der Statue neben dem silbernen Kerzenleuchter: der *Friedrich-Glauser-Preis* für den besten deutschsprachigen Kurzkrimi des Jahres.

Zumindest hatte die Konkurrenz der Gelegenheitsautoren seine eigenen Chancen deutlich gesteigert. Im Gegensatz zu ihm selbst waren die Feierabendschriftsteller allesamt Neulinge im Geschäft, die mit ihren Kurzgeschichten einen zufälligen Glückstreffer gelandet hatten. Keiner von ihnen hatte bisher einen kompletten Roman, geschweige denn eine ganze Krimireihe wie Cornelius zu Papier gebracht.

Cornelius selbst hingegen war bereits zum dritten Mal nominiert gewesen. Natürlich hatte er die Produkte der Konkurrenz vor der Preisverleihung gelesen und zufrieden festgestellt, dass er diesmal als Favorit ins Rennen ging: Die Hausfrau hatte – zugegeben amüsant – eine Tupperparty beschrieben, die in einem Massenmord endete. Der Lehrer – wie könnte es anders sein? – einen Schulamoklauf. Und die Stewardess hatte ein Eifersuchtsdrama zwischen Fertigsandwiches und Flugzeugklo skizziert.

Cornelius' Werk um den Diebstahl einer Kunstsammlung

hingegen war mehr als ein kriminelles Kreuzworträtsel: Es war eine Hommage an zeitlose Kunst und guten Wein und endete mit dem Clou, dass der Dieb die Gemälde mit einem Glas Rotwein in der Hand an seinen eigenen vier Wänden genießen kann.

Der Blick des Kunstblutfreundes gegenüber war noch immer bohrend. Sein Gesicht war bleich, die glasigen Augen ungewöhnlich hell, es erweckte den Eindruck, er würde sich öfter von Blut ernähren. Vermutlich würde er in absehbarer Zeit sternhagelvoll vom Stuhl kippen.

Der Krimi, dem sein Tischnachbar seine Nominierung zu verdanken hatte, war Cornelius' Meinung nach der absurdeste von allen. Eine verstörende, zehn Seiten lange Gewaltorgie, verfasst in der Gruselgrammatik, die der Typ auch sprach. Die Jury musste ebenfalls ausgiebig dem Kunstblut zugesprochen haben, als sie auf die Idee kam, den Text auf die Nominiertenliste zu setzen.

»Ein anständiges Stück Käse wäre jetzt nett, oder?«, sagte Cornelius endlich. »Emmentaler ist höhlengereift unvergleichlich. Haben Sie den mal probiert?«

»Nö«, grunzte der andere.

»Käse fress ich nur auf Mafiatorte«, fügte der andere unerwartet etwas hinzu, das einem zusammenhängenden Satz entfernt ähnelte.

Offenbar schien er doch noch gewillt, ein paar Worte zu wechseln, registrierte Cornelius.

»Auf einer Pizza bekommst du doch keinen Käse«, erwiderte Cornelius. »Höchstens ein Käseimitat, aus Molkepulver und altem Gummi.«

Wahrscheinlich verdiente der Fraß, an den der Tätowierte dachte, nicht mal den Namen Pizza. Cornelius ging jede Wette ein, dass sein neuer Bekannter die steif gefrorenen Fladen aus der Kühlabteilung eines Supermarktes im Sinn hatte.

Cornelius' ruhig gelegene Fünf-Zimmer-Altbauwohnung war vom Leben seines Tischnachbarn wohl in etwa so weit entfernt wie der Mond. Kurz schweiften Cornelius' Gedanken durch seine minimalistisch möblierten Zimmer mit den hohen Decken, in denen ihm ausgewählte Gemälde wie gute Freunde Gesellschaft leisteten. Und sein Kartäuserkater *Camue.*

Der Tätowierte hingegen gehörte definitiv nicht zu den Menschen, die die unaufdringliche Gesellschaft einer Katze zu schätzen wussten. Dass der Kerl eine verkrachte Existenz war, verrieten Cornelius die drei Punkte, die er sich auf das Daumengelenk hatte tätowieren lassen.

Der hatte im Knast gesessen?!

Klar, seine Aggressionen umgaben ihn ja wie eine schwarze Aura den dunklen Lord. Ohne Schwierigkeiten konnte Cornelius sich vorstellen, wie sein Gegenüber auf offener Straße einen harmlosen Passanten niederschlug, auf den bereits am Boden Liegenden eintrat und dafür in den Knast wanderte, während drei plärrende Blagen und ein Dobermann zu Hause auf ihn warteten.

»Wenn's schmeckt, ess ich auch Katzen«, riss der Tätowierte ihn aus seinen Gedanken.

Cornelius schnaufte. »Wir existieren aus dem, was wir essen«, konterte er halbherzig. »Wenn wir Dreck reinstopfen, dürfen wir uns nicht über das wundern, was rauskommt, oder?«

Er sah dem anderen an, dass der ihm nicht folgen konnte.

»Ein echter Käse ist doch nicht mit dem Billigzeug aus dem Supermarkt zu vergleichen. Du musst die Kräuter der Alm schmecken, auf der die Kuh geweidet hat.«

Sein Gegenüber machte große Augen: »So viele Gedanken mache ich mir um den Fraß nicht.«

»Da ist das Problem ja schon identifiziert«, bemerkte Cornelius spitz.

»Hauptsache, ich werde satt«, grollte der Tätowierte.

Uff.

Was erwartete Cornelius von jemandem, der ein Knast-Tattoo besaß? Die wüste Geschichte, der der Typ seine heutige Einladung verdankte, hatte er vielleicht sogar hinter Gittern verfasst. Ein Dortmunder Krimiverlag mit Mut zum Risiko hatte das Werk in einer Anthologie abgedruckt – so hatte es zu der Nominierung kommen können.

Die hellen Augen seines Tischnachbarn wurden gefährlich schmal. Er sah aus, als könne er jeden Moment über den Tisch springen und auf Cornelius losgehen.

Vorsichtshalber rückte Cornelius seinen Stuhl ein Stück zurück.

Der andere stützte die kräftigen Unterarme auf den Tisch. »Was machst du eigentlich so?«, erkundigte er sich. »Außer Wein trinken und ins Museum rennen, meine ich.«

Idiot.

»Schreiben natürlich.«

Der Tätowierte verdrehte die Augen.

»Und lesen.«

»Und essen, das sieht man ja«, ergänzte der Tattoo Liebhaber unverschämt. »Aber ich meine im echten Leben. Verheiratet? Schmutzig geschieden? Zehn uneheliche Kinder? Haste die Steuerfahndung am Hals oder rettest du Wale?«

Seine Worte ließen Cornelius zusammenzucken. Nicht so sehr wegen der unerwartet langen, sinnvollen Aneinanderreihung von Wörtern, sondern weil sich in seinen fünf leeren Zimmern, die er in Gedanken durcheilte, keine zufriedenstellende Antwort fand.

»Ich habe eine Katze«, antwortete er schließlich.

»Aha«, machte der Exknastinsasse, als würde das all seine Fragen beantworten. Zufrieden griff er sein Weinglas. »Du langweilst dich also.«

Was für eine Unverfrorenheit! Cornelius ahnte, dass sein Gegenüber seinen steigenden Blutdruck an seiner Gesichtsfarbe ablesen konnte. Außerdem breitete sich das Gefühl der Leere, dass ihn beim Gedanken an seine Wohnung beschlichen hatte, plötzlich in ihm aus. Er tastete und tastete automatisch nach der Medikamentenschachtel in seiner Jacketttasche.

»Ich reise, wenn es einigermaßen komfortabel ist«, erklärte er spitz. »Glücklicherweise sind die interessanten Orte Europas erreichbar, oder?«

Der Tätowierte gähnte demonstrativ: »Also Kunst, Kultur und Katzen, hm?«

Tatsächlich beschrieben die drei Worte Cornelius' Leben beunruhigend umfassend. Seit Maria weg war.

Und das war gut so!, fuhr er sich selbst an. Das war genau, was er wollte! Seine Ruhe!

Die blubbernd heiße Wut vertrieb die Leere.

Der andere kratzte sich den Unterkiefer, an dem sich die schwarze Tattoo-Ranke entlangwand. »Und worüber schreibst du, wenn du selbst überhaupt nichts erlebst?«

»Halt den Mund!«, verlor Cornelius die Beherrschung.

»Katzenkrimis?«

»Da gibt es auch gute!« Was erlaubte sich dieser Lümmel? Besser als dessen Knastkarriere war Cornelius' überschaubares Leben in jedem Fall!

Der Tätowierte zuckte triumphierend die Schultern, während sein Blick zu der Trophäe auf dem Tisch wanderte, die vor ihm stand und nicht vor Cornelius. *Knallhart, verstörend und bedrückend authentisch*, hatte die Jury sein Gestammel bejubelt.

»Was machst du denn morgen?«, spottete der Banause frech. »Die dreiundfünfzigste Kirche besichtigen? Oder dich mit der Katze unterhalten?«

»Halt den Mund, hab ich gesagt!« Cornelius spürte sein Herz holpern.

»Oder doch den Weinkeller katalogisieren?«

Seine Worte ließen die Leere zurückkehren. Cornelius' Hände krampften sich in die Hosenbeine seines Anzugs. Ihm fiel keine passende Antwort ein. Die Wut darüber trieb ihm das Wasser in die Augen. Er schnappte nach Luft.

In dem Moment verwandelte sich der verächtliche Ausdruck des anderen plötzlich in – Mitleid!?

»Sorry, Alter«, sagte der Tätowierte in einem Tonfall, der ehrlich betroffen klang. »Muss scheiße sein, wenn man nichts Wichtigeres zu tun hat.«

Das ging zu weit! Cornelius explodierte. Die Druckwelle seines Wutausbruchs ließ den Tisch zur Seite poltern. Cornelius packte die schwere, kleine Statue, bevor sie zu Boden rutschte. Der erste Schlag mit dem kantigen Hartplastikquader traf den Banausen an der Schläfe und ließ ihn zu Boden gehen.

Der Triumph füllte die unheimliche Leere, als Cornelius hinter seinem Gegner her stürzte und erneut ausholte …

**RANDNOTIZ**
Es gibt schätzungsweise zwei Millionen
erwachsene Analphabeten in Deutschland.

*Gabriella Wollenhaupt & Friedemann Grenz*

## Ein Buch muss die Axt sein für das gefrorene Meer in uns

Zu Lebzeiten von Max habe ich nie jemandem erzählt, wie es wirklich war. Der Vorfall ist bei der Polizei als ungeklärter Mord zu den Akten gelegt worden, niemand außer mir erinnert sich an diese Geschichte, die sich vor zwanzig Jahren ereignet hat. Heute bin ich eine alte Frau, mich nimmt niemand mehr ernst. Vor langer Zeit habe ich in einem Laden Bücher verkauft. Ich kann endlich die Wahrheit erzählen. Sie schadet niemandem mehr.

Max war mein Nachbar. Ein junger dunkelhaariger Mann mit schwarzen Kohleaugen und einem durchtrainierten Körper. Wir grüßten uns im Aufzug oder im Flur. Mehr nicht.

Bis er eines Abends an meiner Tür klingelte. »Ich möchte gern, dass Sie mir Lesen und Schreiben beibringen«, sagte er.

»Kommen Sie rein!«

Er folgte mir in die Küche.

»Wieso können Sie nicht lesen und schreiben?«, fragte ich.

»Es ist mir ja peinlich«, gab er zu. »Ich war als Kind oft krank und hab es nicht geschafft. Ich hab mich durchgemogelt. Und dann war die Schule zu Ende. Aber jetzt muss ich es lernen.«

»Warum jetzt?«

»Ich habe mich verliebt. In eine Schreiberin. Sie schreibt wundervolle Bücher.«

Noch am gleichen Abend erzählte er mir die ganze Geschichte: Eines Tages spazierte er wie so oft durch die Fußgängerzone. Er liebte es, in den Geschäften die Dinge anzuschauen, die er sich nie würde leisten können. Besonders interessierten ihn Bücher. Die rechteckige Form gefiel ihm, die Farben, das Material. Und das Mysterium, das sie enthielten. Eingesperrtes Leben. Geschichten, die Max nicht lesen konnte, nach denen er sich aber sehnte. Was versteckte sich zwischen diesen Seiten und wie kam es da hinein?

Er betrat einen Buchladen. Dort fiel sein Blick auf ein Plakat. Es zeigte das Bild einer Frau. Max konnte den Text unter dem Bild nicht verstehen, doch es waren auch ein Datum und eine Uhrzeit angegeben. Mit Zahlen wusste Max etwas anzufangen.

Er fragte im Laden nach und erfuhr, dass die Frau auf dem Foto eine Autorin sei, die am nächsten Tag aus ihrem Buch lesen werde.

Er besuchte die Veranstaltung und verliebte sich.

»Um was ging es denn in dem Buch?«, fragte ich.

»Um Natur und Liebe, Himmel und Hölle. Die Geschichte spielte in Irland.«

»Irland. Dann kamen sicher auch Pferde darin vor?«, lachte ich.

»O ja. Der Graf ritt aus auf seinem weißen Prachtpferd. Es war mit Silber geschmückt. Im Wald traf er auf eine wunderschöne Jungfrau. Sie war verlobt, aber er wollte von ihr das Recht der ersten Nacht. Sie mochte das nicht. Er gab nach und gewann dadurch ihre Liebe. Am Ende haben sie geheiratet und sich leidenschaftlich geliebt. Ich war wie verzaubert.«

Ich staunte über diese Naivität, aber die Offenheit, mit der er über seine Gefühle sprach, berührte mich zugleich.

»Ich habe das Plakat mitgebracht.«

Er reichte mir das Papier. Es zeigte das niedliche herzförmige, aber auch verschlagene Gesicht einer jungen Frau. Ich erkannte sie. Sie war gerade in der neuen deutschen Literaturszene aufgestiegen. Im Hintergrund das Titelbild ihres Werks: Graf auf Prachtpferd im Wald und eine weiß gewandete Blonde mit Kurven. Diese Autorin reicherte ihr schmales schriftstellerisches Repertoire mit Sexszenen an, die ins Pornografische abdrifteten. Ihr Werk wurde in den Boulevardzeitungen bejubelt, aber im Feuilleton fand es nicht statt.

»Und für die da wollen Sie lesen und schreiben lernen?«, fragte ich ungläubig.

Max nickte heftig.

Der arme Junge, dachte ich.

»Warum diese Frau?«

Er überlegte. »Sie ist schön und so edel, und sie weiß alles über die Menschen und die Liebe.«

Ach du lieber Himmel! »Wovon leben Sie?«, fragte ich.

»Ich bin Putzmann«, antwortete er. »In einem Heim für Demenzkranke. Die können auch nicht mehr lesen und schreiben. Und ich kümmere mich um den Garten. Die alten Menschen mögen Blumen.«

»Weiß die Frau, dass Sie Analphabet sind?«

»Nein. Ich kann es ihr nicht sagen. Wie denn auch, sie weiß doch nicht einmal, dass es mich gibt.«

Drei Wochen später stellte ich fest: »Sie lernen schnell, lieber Max. Es wird nicht mehr lange dauern, bis Sie Ihren Senioren etwas vorlesen können. Auch mit dem Schreiben klappt es immer besser.«

»Ich habe ihr jeden Tag Rosen geschickt«, erzählte er mit leuchtenden Augen. »Ich hoffe, dass sie sich bald mit mir trifft und wir dann für immer zusammenbleiben.«

Seite um Seite übte er Schönschrift, las die Geschichten, die ich ihm vorschlug, und sprach mit mir über die Inhalte.

Zuerst gab ich ihm Märchen. Er verstand sehr gut, dass in diesen Texten viel tatsächliche Unwirklichkeit stattfand. Als er sagte: »Das Leben in diesen Geschichten ist nicht der Alltag, sondern es sind innere Kräfte und Mächte, die da kämpfen«, war ich sehr erstaunt und gab ihm Geschichten von Manfred Hausmann. »Dieser Mann liebt seine Kinder«, war sein Kommentar. Als Nächstes brachte ich ihm die Keuner-Geschichten von Brecht nahe. »Das ist kein Keuner und kein Keiner, das sind wir alle.« Es war wunderbar, wie natürlich und unverbildet er den Kern eines Textes ohne Fachwörter benannte. Und dennoch las er inzwischen auch voller Faszination die unsäglichen Schmonzetten seiner Angebeteten.

Ich setzte ihm kurze Texte von Kafka vor. Nachdem er das kleine Meisterwerk *Auf der Galerie* gelesen hatte, blieb er eine Weile aus. Als er wieder auftauchte, war er abgemagert und hatte einen schmerzhaften Zug in den Wangen. Seine Augen glühten, während er mir den Reclam-Band zurückgab.

»Es ist Zauberei, wie das Wirkliche und das Unwirkliche sich da ineinander verwandeln. Ich will mehr wissen über diesen Autor und mehr von ihm lesen.«

Ich gab ihm Kafkas Briefe.

Max verfügte über keinerlei Kategorien. Er las nicht vergleichend, sondern naiv. Die Texte schenkten ihm ihr Inneres unmittelbar.

Ich hütete mich, Bemerkungen über Kitsch und Schund zu machen, Wertungen vorzunehmen. Seine Verehrung für die eine Autorin hatte ganz sicher andere Gründe als die Qualität ihres Werkes. Irgendwann würde er das erkennen.

»Es kommt mir vor, als hätte ich am Leben überhaupt nicht teilgenommen und von der Welt nichts gewusst«, sagte er eines Tages.

»Aber, Max! Es gibt doch Fernsehen und Radio. Und andere Menschen, die einem etwas erzählen.«

»Fernsehen und Radio mag ich nicht. Ich will mir die Bilder im Kopf selbst malen. Meinen Sie, dass ich es jetzt wagen kann, ihr gegenüberzutreten?«

»Was wissen Sie denn über diese Frau?«, fragte ich vorsichtig. »Außer, dass sie Bücher schreibt?«

»Sie ist meine Seelenfreundin. Jede Seele hat jemanden, ohne den sie nicht sein kann.«

»Und wenn sie das nicht so sieht?«

Er schlug eine Seite ihres zuletzt erschienenen Romans auf: *Tosende Leidenschaften.*

Langsam las er vor: *»Er schluchzte: ›Ich habe meine geliebte Seelenfreundin für immer verloren! Ich fühle mich, als habe eine böse Kraft einen Teil aus mir rausgerissen!‹ Maria legte die Arme um ihren Sohn. ›Gräm dich nicht. Wenn sie wirklich deine Dualseele ist, kannst du sie gar nicht verlieren …‹* Sie weiß um Seelenfreundschaft, sonst hätte sie das nicht schreiben können.«

Ich hatte Mühe, ernst zu bleiben. »Wie wollen Sie es anstellen?«, fragte ich.

»Ich werde ihr einen Brief schreiben«, sagte Max mit fester Stimme. »Können Sie ihn prüfen, wenn er fertig ist?«

Er vertraute mir ohne Arg, und das rührte mich an. Ich zog Erkundigungen über die Kitsch-Autorin ein. Ihr Glanz schien langsam zu verblassen. Doch Max interessierte das nicht. Er bereitete sich auf sein künftiges Leben als ihr Seelenfreund vor und verschlang ihre Machwerke wie ein Süchtiger.

Die Frau hatte bereits die dritte Ehe hinter sich gebracht, galt als lebenshungrig und promisk. In Talkshows glänzte sie durch freizügige Thesen über Liebe und Sex, die ihr nicht nur Applaus, sondern auch allerhand Gelächter und Buhrufe einbrachten.

Max arbeitete eine Woche an dem Brief. Er gestand seiner Angebeteten, ihretwegen Lesen und Schreiben gelernt zu haben und ihre Bücher und sie zu verehren. Auch die Rosen seien von ihm, ihrem einzigen Seelenfreund, der sich inständig wünschte, sie bald zu treffen.

Ich brachte es nicht übers Herz, ihn zu enttäuschen, lobte den Brief und die Formulierungen, die er gefunden hatte. Die Chance, dass sie auf das Schreiben reagieren würde, lag sowieso bei null. Max schickte den Brief ab.

Dann verschwand er. Drei Monate hörte ich nichts von ihm. Er betrat seine Wohnung nicht, erschien nicht auf seiner Arbeitsstelle im Pflegeheim.

Was ging da vor? Hatte sein Verschwinden mit dem Brief an diese Schlampe zu tun? Oder gab es gar keinen Zusammenhang? Er konnte genauso einem Unfall zum Opfer gefallen sein. Vielleicht auf dem Weg zum Briefkasten.

Ich recherchierte in Krankenhäusern und auf Polizeirevieren. Nichts. Max blieb unauffindbar. Der Vermieter ließ Max' Wohnung ausräumen und seine Sachen einlagern.

Ich stellte eine Vermisstenanzeige, doch die Polizei machte mir keine große Hoffnung. Je länger eine gesuchte Person verschwunden sei, umso kälter seien die Spuren, so teilte man mir mit.

Ich setzte mich auf die Fährte der Autorin. Je mehr ich über sie herausbekam, desto rätselhafter wurde mir, wie ein Seelenmensch wie Max auf so eine hereinfallen konnte. Sie war eine völlig banale Frau und ihre Fantasie war eine Einbahnstraße Richtung Bett. Hatte sie etwas zu tun mit seinem Verschwinden?

Nun ja, diese Vermutung beruhte wohl im Wesentlichen auf meiner Abneigung gegen sie.

Inzwischen hatte ich vier Lesungen von ihr besucht, mir diese ekelhaften Sexgeschichten angehört, mit steinerner Miene applaudiert und mir einen Band sogar signieren lassen. Dabei hatte ich sie nach ihren weiteren Plänen gefragt und erwähnt, dass ich für ein renommiertes Literaturmagazin arbeitete.

»Ich plane ein besonderes Projekt und lebe es gerade«, verriet sie mir, schelmisch lächelnd. »Etwas ganz Ausgefallenes. Eine zerstörerische Liebe. Sklavenhaltung. Gewaltspiele. Rollenverschiebungen, Raserei. Sie verstehen?«

Ich verstand.

Am Ende der vierten Lesung trank sie drei Glas Prosecco, setzte sich ins Auto und fuhr los. Ich folgte ihr bis zu ihrem Haus. Sie parkte direkt auf der Straße, schaffte wohl die Einfahrt in die Garage nicht mehr.

Hinter den Fenstern schimmerte Licht.

Ich nahm das Fernglas und beobachtete, wie sie die Tür aufschloss, hineinging und irgendetwas rief. Es musste jemand im Haus sein.

Mich hielt es nicht in meinem Auto. Geduckt huschte ich durch den Vorgarten zum Fenster und blickte in die Wohnung.

Da war er. Max und die Frau saßen am Tisch. Er servierte ihr das Essen und stellte Wein hin. Ihr Gesichtsausdruck war unfreundlich und ihr Mund verzerrt. Beschimpfte sie ihn?

Sie schob den Teller unwirsch von sich, stand auf und verließ die Küche. Max deckte den Tisch ab und räumte die Spülmaschine ein. Ich war versucht, mich durch Klopfen bemerkbar zu machen, ließ es dann aber, denn ich hatte Zweifel, wie Max reagieren würde. Und da kehrte die Frau auch schon wieder zurück – in der Hand einen Stapel Papier. Sie setzte sich und las ihm vor.

Max lächelte zunächst, doch seine Körperhaltung wurde zusehends abwehrend. Dann sagte er etwas. Sie stockte und warf ihm die Blätter ins Gesicht.

Am nächsten Tag besorgte ich mir ein Fenstermikrofon. Es ließ sich an die Scheibe heften und ich konnte im Auto alles mithören, was hinter dem Glas gesprochen wurde.

Die schreckliche Frau las ihm tatsächlich aus einem ihrer Manuskripte vor. Der übliche Unterleibskram. Gürtel wurden gelockert, Kleider zerrissen, Handschellen klirrten. Es wurde gestöhnt und gerammelt. Brüste bebten und Lustschreie gellten durch die Hitze der Nacht. Sie las und las und es schien kein Entkommen aus dem Pornodrama zu geben.

Plötzlich hörte ich ein trockenes Geräusch, das ich zunächst nicht deuten konnte. Die Rezitation brach ab. Ich lauschte und dann erkannte ich: ein Lachen, ein tiefes Glucksen, und es kam von Max. Er lachte seine Angebetete aus und konnte sich nicht mehr einkriegen. Dann Stille. Ich drehte den Knopf auf die höchste Lautstärke. Klirren, Klatschen, Stöhnen. War sie auf Max losgegangen?

»Du bist einfach nur leer.« Max' Stimme. »Du weißt gar nicht, was Bücher bewirken können.«

»Aber du, ja? Du bekloppter Analphabet!«, schrie sie.

*»Ein Buch muss die Axt sein für das gefrorene Meer in uns«*, sagte Max.

»Gequirlte Scheiße. Meine Bücher füllen meine Kasse und das ist gut so. Gefrorenes Meer? Ich lach mich kaputt. In mir ist kein gefrorenes Meer, sondern heißes Blut.«

»Du verwechselst Blut mit Geilheit. Leere ist in dir. Dumme, öde Leere.«

»Was erlaubst du dir, du Kretin!«

»*Ein Buch muss die Axt sein für das gefrorene Meer in uns*«, wiederholte er. »Franz Kafka hat es gesagt.«

»Kafka war ein verdammter Jammerlappen – wie du! Ein Psychofreak schlimmster Sorte! Ich schreibe Bücher, die die Leute lesen wollen!«

»Deine Bücher sind nichts als Dildos in schlecht riechenden Körperöffnungen.«

Stille. Große Stille. Gefährliche Stille. Ich stürzte zum Fenster. Max saß noch am Tisch, den Blick auf die Frau gerichtet. Die stand vor ihm, ein langes, schmales, spitzes Messer in der Hand.

»Ich hab dich in mein Bett gelassen, du Dreckskerl!«, brüllte sie und erhob den Arm mit dem Messer.

»Nein!«, schrie ich und schlug gegen das Fenster.

Die Frau hielt inne, starrte mich an. Max griff nach ihrem Arm und verdrehte ihn. Sie versuchte, sich loszureißen, und plötzlich steckte das Messer bis zum Heft in ihrer Brust.

Die Szene gefror. Mehrere Sekunden lang standen sich die beiden wort- und reglos gegenüber. Dann sank die Frau vornüber zu Boden. Als ihr Kopf aufschlug, drang die Spitze des Messers am Rücken durch ihr Kleid. Ein Meer von Blut breitete sich aus.

Max und ich flohen gemeinsam vom Tatort.

Gefunden wurde die Autorin vom Postboten. Der hatte ein Einschreiben für sie, wunderte sich, dass sie nicht öffnete, blickte durchs Fenster und alarmierte den Notruf. Einige

Wochen lang ermittelte die Polizei. Die Zeitungen überboten sich in Mutmaßungen über den Täter. Am Messer wurden nur die Fingerabdrücke der Autorin gefunden. Ihr Haus war übersät mit den Spuren unzähliger Gäste. Nachbarn gaben an, dass sie oft mehrere Liebhaber gleichzeitig hatte. Davon wurden einige identifiziert, unter anderem auch Max.

Der hatte Glück, denn eine völlig unbeteiligte Frau bestätigte, dass Max am Abend des Mordes bei ihr gewesen sei. Sie hatten über ein kleines Buch gesprochen: Heinrich von Kleists Schrift *Über die allmähliche Verfertigung der Gedanken beim Reden.* Diese Frau sei früher Buchhändlerin gewesen und habe ihm Lesen und Schreiben beigebracht.

Das Mikro an der Scheibe untermauerte die Vermutung, dass ein Verbrechen aus Leidenschaft vorlag. Doch alle Spuren, denen die Ermittler nachgingen, verliefen im Sand.

In der Folge war Max ein unruhiger Gast. Ich bekochte ihn und er aß alles, was ich ihm vorsetzte, aber er nahm weiter ab. Er kümmerte sich nicht um seine eingelagerten Sachen. Die Kündigung seiner Wohnung akzeptierte er wortlos. Er vergrub sich in meinem Gästezimmer und pflügte durch meinen Bücherschrank. Die Geschichten, die er fand, brauchte er nicht mehr zu dem Zweck, den er dem Kafka-Brief entnommen hatte.

Das Meer in seiner Seele war keinesfalls gefroren. Es toste.

Konnte die Lektüre das Tosen in Max dämpfen? Es war erstaunlich, welche Texte er wählte: Petrarcas *Canzoniere,* Ransmayrs *Letzte Welt,* Goethes *Römische Elegien.* Er saugte alles auf.

»Das Meer in mir. Es ist jetzt ruhiger«, sagte er eines Tages. »Aber wo soll ich hin?«

»Ich habe eine Idee«, tröstete ich ihn.

Ein Freund von mir besaß in Südamerika eine Ferienanlage und suchte einen Gärtner. Er stellte ihn ein und Max siedelte um.

Ich schickte ihm Bücher und er mir regelmäßig Briefe – noch immer in ungelenken Buchstaben verfasst. Eines Tages schrieb er: *Wenn das Meer in dir nicht mehr gefroren ist, sind die Bücher Schiffe, mit denen man auf ihm wandelt.*

Irgendwann kam meine Büchersendung aus Südamerika zurück mit dem Vermerk *Empfänger verstorben.* Ich forschte nicht weiter nach.

Max war in seinem inneren Meer untergetaucht.

›Verlegen‹ kommt von ›vorlegen‹. Denn seit jeher übernimmt in der Regel der Verlag die Vorfinanzierung von Verlagsprojekten.

*Peter Godazgar*

## Ein Dichter rastet aus

Guntram Waldvogel war ein friedliebender Mensch. Ja, es wäre keineswegs eine Übertreibung zu sagen: Für ihn hätte die Redewendung ›Er konnte keiner Fliege etwas zuleide tun‹ erfunden sein können. Insofern hatte er selbst lange zu knabbern an dem, was man ihm vorwarf: Nötigung! Freiheitsberaubung! Körperverletzung! Waldvogel verstand die Welt nicht mehr. Und sich selbst noch viel weniger. Denn die Vorwürfe, sie waren allesamt berechtigt. Wie nur hatte es dazu kommen können?

Waldvogel war im Hauptberuf Lyriker. Tatsächlich, er schrieb Gedichte. Keine reimlose Lyrik in unregelmäßigen Rhythmen, kein unverständliches Zeug ohne Rücksicht auf Grammatik, keine Wortneuschöpfungen à la *Oh, Mensch / Du Ichdingbehafteter Krauslock / schrumpfgeworfenes Selbst / in törnudeliger / Auffahrt*, sondern echte Verse. Waldvogel reimte *Leben* auf *Streben* und *Sonne* auf *Wonne*. Die Lebenshaltungskosten bestritt er von einem umfänglichen Erbe, das ihm sein Vater in Form eines Baumaschinenkonzerns hinterlassen hatte. Baumaschinen indes – unnötig zu betonen – langweilten Waldvogel, ja, sie ekelten ihn geradezu an. Umso dankbarer war er seinen Geschäftsführern, dass sie ihm den gesamten Firmenkram vom Hals hielten – und die Geschäftsführer waren ihrerseits nicht minder dankbar, dass

Waldvogel sie schalten und walten ließ. Er selbst verbrachte den größten Teil des Jahres auf seinen Landsitzen in der Provence und der Toskana – und dichtete.

Dichten war sein Lebensinhalt, allein: Das Talent hielt nicht Schritt mit der Begeisterung. Kein Wunder also, dass Waldvogels Verse von der Kritik komplett ignoriert wurden, was vor allem daran lag, dass sie auch von den Verlagen komplett ignoriert wurden. Waldvogel hatte deshalb selbst einen Verlag gegründet und ihm den passenden Namen *Edition Vis Vitalis* gegeben. Allerdings finden im Eigenverlag herausgegebene Bücher bekanntlich so gut wie nie den Weg in die Feuilletons, es sei denn, sie haben abnorme Sexualpraktiken oder Fabelwesen mit langen Eckzähnen zum Thema.

Waldvogel bedauerte das zwar, konnte die Nichtbeachtung aber durch ausgedehnte Lesereisen kompensieren. Natürlich wurde er nicht selbst eingeladen – vielmehr lud er sich ein. Und fand dankbare Abnehmer seiner kostenlosen Lesungen in Form von Seniorenkreativvereinen und Altenheimen.

Die Lyrik des Guntram Waldvogel hatte vor allem die Natur zum Thema. Seine bislang vier Gedichtbände hießen: *Die Welt ist schön, Schön ist es, auf der Welt zu sein, Die Welt als Blumenmeer* und *Guck mal, was da sprießt.*

Jetzt, rechtzeitig zur Leipziger Buchmesse, hatte die Druckerei sein neuestes Werk geliefert: Mit dem Band *Wenn ich ein Wassertropfen wär'* wagte Waldvogel erstmals auch kleinere Ausflüge in den heiter-ironischen Bereich.

Wie jedes Jahr, so hatte Waldvogel auch diesmal einen sechs Quadratmeter großen Messestand der Variante E gemietet. Dort saß er vor seinen gesammelten Werken und schaute den vorbeiziehenden Massen freundlich hinterher, abends las er in gastronomischen Einrichtungen, manchmal auch in sonderbaren Lokalitäten, dieses Jahr zum Beispiel stand unter anderem ein Auftritt in einem Frisörsalon auf dem Programm.

Normalerweise genoss er die Tage im Messetrubel, diesmal war es irgendwie anders. Eigentlich verlief alles genau wie in den Vorjahren und doch verschlechterte sich Waldvogels Stimmung zusehends. Tatsächlich ertappte er sich irgendwann dabei, wie er sich selbst eine Frage stellte. Die Frage lautete: Was mache ich eigentlich hier?

Waldvogel konnte sie nicht beantworten. Er beobachtete die Menschenmenge, die an ihm vorbeitrottete; aber kaum einer blieb stehen, um sich Waldvogels Bücher anzusehen.

Waldvogel bemerkte an sich selbst ihm gänzlich fremde, weil missmutige, ja, fast schon verächtliche Gedanken. In unmittelbarer Nachbarschaft seiner Messekoje standen einige zugegebenermaßen sehr hübsch anzusehende junge Frauen und verteilten Leseproben eines auf erotische Literatur spezialisierten E-Book-Verlags an die vorbeiziehenden Massen. Auch ihm, Waldvogel, hatten sie irgendwann zwei solcher Heftchen aufgedrängt. Waldvogel war entsetzt. Nein, das war keine Erotik, das war …, das war …, ach, Waldvogel wusste nicht, was es war.

Ja, auch er hatte sich in seinen Gedichten der Liebe gewidmet. Aber doch nicht auf diese Weise!

Seufzend nahm er ein Exemplar von *Die Welt ist schön* aus dem Regal und blätterte. Da, *Liebesgedicht IV*, ja, so ging es eben auch:

*Als ich dich gesehen,*
*war's um mich geschehen.*
*Alles will ich dir geben,*
*sogar mein eigenes Leben.*
*Was gibt's Größ're's auf der Welt?*

*Vergessen sind Reichtum und Geld.*
*Ich brauche nur diesen Satz:*
*Du bist mein größter Schatz.*

Kopfschüttelnd dachte Waldvogel an den Vorabend, an die Lesung in dieser muffigen Kneipe. Nach zwanzig Minuten waren sechsunddreißig der zweiundvierzig Gäste gegangen. Nur ein älteres Ehepaar harrte aus und am Rand saßen ein paar vorlaute Jugendliche: zwei Mädchen, die fortwährend kicherten, daneben zwei präpotente Jungs, von denen einer nach jedem Gedicht »Krawehl! Krawehl!« durch den Raum rief. O ja, Waldvogel verstand die Anspielung auf die Szene aus dem Loriotfilm, in dem ein versponnener Dichter zu Beginn seiner Lesung einen Schluckauf bekommt.

Nach weiteren fünf Minuten war der Kneipenwirt an ihn herangetreten und hatte mit leiser Stimme gefragt, wie lange er noch lesen wolle und ob er sich nicht vorstellen könne, das Ganze abzukürzen, er, der Wirt, wolle ihm auch ein paar Biere spendieren.

Was war nur los mit der Welt? Zählten wirklich nur noch Fun und Party?

Waldvogel war so sehr in trübsinnige Gedanken versunken, dass er die Frau nicht bemerkte, die vor einem der Regale stand, in der Hand das Buch *Die Welt als Blumenmeer,* aufgeschlagen auf den Seiten vierundfünfzig und fünfundfünfzig. Jetzt hob sie den Kopf, sah Waldvogel direkt in die Augen und sagte: »Das ist schön.«

Waldvogel war so perplex, das ihm nichts Originelleres einfiel, als zu fragen: »Was?«

»Das Gedicht ist schön«, wiederholte die Frau. *»Drei Rosen im Wind.«*

Waldvogel nickte. *Drei Rosen im Wind,* ja, er erinnerte sich. Er erhob sich.

»Ich mag Lyrik«, sagte die Frau.

Waldvogel schätzte sie auf Anfang fünfzig; klare Gesichtszüge, glattes Haar, ein elegantes dunkelblaues Kostüm.

Waldvogel nickte erneut. »Ich habe heute Abend eine Lesung in der Stadt. In einem Frisörsalon.«

»Aha, wo denn?«

»Bei ..., ähm«, Waldvogel holte sein Handy aus der Hosentasche, öffnete den Kalender und las: *»Schnittstelle.«* Er nannte die Adresse und die Uhrzeit.

»Vielleicht schaue ich vorbei«, sagte die Frau, schenkte Waldvogel ein reizendes Lächeln und zog weiter.

Dem Dichter wurde warm ums Herz. Es gab also doch noch Menschen mit Niveau.

Der Dichter ärgerte sich aber auch: Warum hatte er die Frau nicht in ein Gespräch verwickelt? Er trat auf den Gang, ging bis zur nächsten Ecke, schaute nach rechts und links, aber es war hoffnungslos. Die Unbekannte war in der Menge verschwunden. Unwirsch wehrte er eine der jungen Frauen ab, die ihm auf dem Rückweg zum *Edition Vis Vitalis*-Stand schon wieder eines dieser Sex-Machwerke in die Finger drücken wollte.

Kaum saß er, gesellte sich der nächste Besucher an Waldvogels Stand – ein älterer Herr mit einem Rucksack. Waldvogel wusste sofort, was der Mann wollte. Tatsächlich hob der Unbekannte die Tasche vom Rücken und zog einen Hefter hervor.

»Sind Sie der Verleger?«, fragte der Mann und Waldvogel nickte.

»Ihr Verlag ist mir empfohlen worden«, fuhr der Unbekannte fort. Eine glatte Lüge, das wusste Waldvogel. Aber diese Freizeitdichter waren offenbar so verzweifelt, dass sie selbst vor hemmungslosem Falschspiel nicht zurückschreckten.

»Ich schreibe auch Gedichte.« Der Mann sah auf den Boden, während er sprach. »Ich habe hier einige Arbeitsproben mitgebracht, ich würde mich freuen, wenn Sie Zeit finden würden, mal hineinzuschauen …« Er zögerte, dann fuhr er fort: »Und noch mehr würde ich mich natürlich freuen, wenn Sie eine Veröffentlichung in Betracht ziehen würden.« Der Blick blieb auf den Boden geheftet.

Immerhin, der Unbekannte hatte Manieren, das gefiel Waldvogel schon mal. Wie oft waren ihm diese Möchtegernautoren frech gekommen, waren fordernd aufgetreten, hatten sich dummdreist in die Traditionen von Goethe und Schiller gestellt.

»Ich verlege eigentlich keine fremden Autoren«, begann Waldvogel.

Der Unbekannte hob den Blick – und es zerriss Waldvogel das Herz. Nicht viel anders konnte ein Lamm gucken, wenn es zur Schlachtbank geführt wurde.

Waldvogel seufzte leise. »Ich kann es ja mal mitnehmen.«

Die Miene des Mannes hellte sich auf.

»Aber ich kann ihnen wirklich nichts versprechen.«

Der Mann nickte eifrig, bedankte sich mehrmals unterwürfig und zog von dannen.

Waldvogel legte das Manuskript auf einen kleinen Stapel. Nummer zwölf, dachte er. Natürlich würde er sie alle zurückschicken. Er war sich bis heute nicht sicher, was besser war: die Manuskripte gar nicht erst anzunehmen? Oder die Hobbydichter eine Weile hoffen zu lassen?

Abends machte sich Waldvogel auf den Weg in den Frisörladen. Und er verspürte tatsächlich eine gewisse Nervosität: Ob die Unbekannte unter den Zuhörern sein würde?

Sie war es nicht, stellte Waldvogel enttäuscht fest. Dafür knapp zwanzig andere Gäste, die auf Plastikklappstühlen auf den Beginn der Veranstaltung warteten. Die allerdings keine besonders erfreuliche Lesung zu werden versprach.

»Wir hätten ja lieber einen Krimiabend gehabt«, sagte die Geschäftsinhaberin, als sie Waldvogel begrüßte.

Später wiederholte sie diesen Wunsch sogar noch coram publico, meinte, Gedichte seien »so gar nicht mein Ding« und stellte Guntram Waldvogel zu allem Überfluss als »Herrn, äh, Wald …, äh, … mann« vor.

Entsprechend ging der Abend weiter: Waldvogel las zunächst einige Gedichte aus seinem neuesten Werk – und musste mit einiger Überraschung feststellen, dass er damit bei Teilen des Publikums Erheiterung hervorrief. Tatsächlich, die Menschen lachten über *Plitsch, den Wassertropfen!* Gewiss, da war manch heitere Stelle in den Texten, aber doch nichts zum Schenkelklopfen! In der ersten Reihe saß breitbeinig ein schnöseliger Kerl, vielleicht Mitte dreißig, der sich immer wieder zu seiner Begleiterin beugte und ihr etwas ins Ohr flüsterte, was bei der Frau zu einem nur mühsam unterdrückten Kichern führte. Ab dem vierten Gedicht ging der Mann dazu über, besonders laut und ausdauernd zu applaudieren, er rief »Bravo!« und »Großartig!« und wurde dafür von seiner grinsenden Begleiterin ein ums andere Mal in die Seite geknufft. Auch der Rest des Publikum verfiel in immer ausgelassenere Stimmung. Inzwischen wurde mehr oder weniger unverhohlen gelacht, während Waldvogel las.

Aus den Augenwinkeln registrierte der Poet – er trug gerade das Gedicht *Zwei Hasen im Sturm* vor –, wie in der hinteren Reihe drei Frauen vornübergebeugt saßen und prustende Geräusche von sich gaben.

Inzwischen brach nach jedem Gedicht ein wahrer Applausorkan aus, die Zuhörer klatschten, lachten und jubelten und schafften es kaum, sich bis zum Beginn des nächsten Gedichts wieder herunterzuregeln.

Was geschieht hier?, fragte sich Waldvogel irritiert. Gewiss, auch er musste immer noch über das eine oder andere Wortspiel schmunzeln, aber dieses Gejohle des Publikums fand er dann doch übertrieben. Sollte es möglich sein, dass man sich wieder mal … lustig machte?

Eine bis dato nicht gekannte Wut kroch in Waldvogel hoch, gepaart mit Ärger über den bisherigen Verlauf der Buchmesse und mit Frust darüber, die sympathische Dame ziehen gelassen zu haben. Da rief der Mann in der ersten Reihe: »Krawehl! Krawehl!«, und förderte damit einen Sturm des Gelächters beim Rest des Publikums hervor.

Waldvogels Augen verengten sich zu Schlitzen. Er stand da, sah sich selbst in einem der Frisörspiegel und vor sich das sich krümmende Publikum. Aha, dachte er, so ist das also. Guntram Waldvogel, die Witzfigur. So, so. Na, da wollen wir doch mal sehen, wie viel Humor die Leute hier haben.

Wie ferngesteuert packte Waldvogel eine Schere, die auf einem Beistelltisch mit Rollen lag. »Es reicht!«, rief er mit lauter Stimme, erntete aber nur noch mehr Gelächter.

»Ich hab die Schnauze endgültig voll!«

Die Zuschauer kreischten.

Guntram Waldvogel trat auf den arroganten Sack aus der ersten Reihe zu, der sich den Bauch hielt vor Lachen. Irgendwo weiter hinten meinte Waldvogel erneut den Ruf »Krawehl! Krawehl!« zu hören. Der arrogante Sack wischte sich Tränen aus den Augen.

Waldvogel holte aus und rammte dem Mann die Schere in den rechten Oberschenkel.

Der Sack schrie auf, seine Begleiterin quiekte entsetzt und starrte auf die Schere – die meisten anderen Zuhörer registrierten indes mit deutlicher Verspätung, was geschehen war. Nur langsam senkte sich der Lärmpegel in der *Schnittstelle*, deren Name auf einmal eine völlig neue Konnotation erhielt.

»Zieh sie raus! Zieh sie raus!«, brüllte der arrogante Sack, während seine Freundin apathisch auf die Schere starrte, die im Oberschenkel hin- und herschwankte. Der Sack packte die Schere, riss sie selbst heraus und warf sie von sich. Doch Guntram Waldvogel hatte bereits eine weitere Schere gegriffen und rammte sie dem Mann nun in den noch intakten Oberschenkel.

Erneut Gebrüll und Gequieke aus der ersten Reihe, während der Rest des Publikums endlich die Klappe hielt. Zwei Leute in der letzten Reihe sprangen auf.

»Hinsetzen!«, donnerte Waldvogel und fuchtelte mit einer dritten Schere, die er gegriffen hat. »Niemand verlässt den Raum!«

Die Zuhörer sackten langsam auf ihre Klappstühle.

»Sind Sie wahnsinnig!?«, schrie der arrogante Sack, riss auch die zweite Schere von sich und warf sie weg.

Waldvogel stand vor ihm, die dritte Schere in der Hand. »Habe ich nun Ihre Aufmerksamkeit?«, fragte er.

»Sie sind ja irre!«, brüllte der Verletzte und hielt sich mit je einer Hand je eine Wunde.

»Schnauze!«, antwortete Waldvogel und hielt die Spitze der Schere dem arroganten Sack direkt an den Hals. Wäre das Ganze eine Comicszene gewesen, so hätte nun neben dem Kopf des Mannes eine Sprechblase mit dem Wort *Gulp* gestanden. In der Realität schluckte der arrogante Sack geräuschlos. Und schwieg. Genau wie der Rest des Publikums.

»So«, sagte Waldvogel. »Wenn wir uns jetzt alle wieder ein bisschen beruhigt haben, können wir ja fortfahren.« Er atmete tief ein und aus, dann schrie er: »DAS IST EINE LESUNG! KEINE COMEDYVERANSTALTUNG! HIER GEHT ES UM LYRIK! UM SCHÖNHEIT! UM REINHEIT! UM ANMUT!«

Er starrte in entsetzt aufgerissene Augen und offene Münder. »So. Ich werde ihnen jetzt das nächste Gedicht vorlesen«, sagte er leise. Um dann erneut zu schreien: »UND SIE WERDEN MIR ZUHÖREN!«

Kopfschüttelnd blätterte er in seinem Buch. Er atmete tief ein. »Das Gedicht heißt«, es folgte ein weiteres Luftholen. *»Innerer Frieden.«*

»Ich verblute«, stieß der arrogante Sack hervor.

»SCHNAUZE!«, schrie Waldvogel.

Der Sack stöhnte gepresst.

*»Innerer Frieden«*, wiederholte Waldvogel erschöpft. Und dann begann er zu rezitieren:

*Das Leben, scheint's, besteht nur aus Krieg.*
*Ein jeder, scheint's, strebt nur nach dem Sieg.*
*Wie nur finden wir die Einigkeit,*
*in dieser ach so schlimmen Zeit?*

Waldvogel hob die Stimme und hielt die Hand mit der Schere in die Höhe:

*Wer ist da in dieser Welt,*
*der sich der Gewalt entgegenstellt?*

Wahrlich, dachte der Dichter, das ist gut gereimt. Er warf einen Blick auf den arroganten Sack, der nun mit geschlossenen Augen dasaß, beide Hände fest auf die Oberschenkel gedrückt. Na bitte, sogar dieser Arsch schien nun endlich nachdenklich zu werden. Zufrieden setzte Waldvogel zu den letzten Zeilen an und merkte nicht, dass in den hinteren Reihen eifrig SMS getippt wurden.

*Frieden, das heißt, in der Liebe zu ruh'n.*
*Kampf hat damit nichts zu tun.*

*Wer den Frieden hat, findet Harmonie.*
*Mit Gewalt jedoch findet er sie nie.*

Waldvogel schaute auf. Die Zuhörer starrten ihn schweigend an. Er verbeugte sich leicht, irgendwo fing einer an zu klatschen, zwei, drei Zuhörer stimmten zögerlich ein, dann herrschte wieder Stille.

Im nächsten Moment war ein mehrtöniges Klingeln zu hören. Die Eingangstür des Frisörgeschäfts öffnete sich; im Türrahmen stand eine Frau und blickte schüchtern in den Raum.

»Entschuldigung«, sagte sie. »Ich habe mich verspätet. Ist die Lesung schon vorbei?«

Waldvogels Herz machte einen Hüpfer. Das Buch in der einen Hand, die Schere in der anderen, ging er schnellen Schritts auf die Frau zu.

»Aber nicht doch!«, rief er. »Treten Sie ein! Wie schön, dass Sie es noch einrichten konnten! Ich habe gerade mein Gedicht *Innerer Frieden* gelesen.« Er lachte. »Wir sind alle noch ganz ergriffen.«

Durch die große Schaufensterscheibe war nun das Geflacker von Blaulicht zu erkennen, aber Guntram Waldvogel hatte nur Augen für den verspäteten Gast. Er hakte sich bei der Frau unter und führte sie nach vorne – doch er kam nicht weit. Zwei Zuhörer sprangen plötzlich von ihren Stühlen auf, warfen sich auf Waldvogel und rissen ihn zu Boden. In den Rest des Publikums kam ebenfalls Bewegung, nicht wenige Menschen nutzten die Gelegenheit und flohen aus dem Frisörgeschäft.

Den Anwälten Guntram Waldvogels gelang es relativ problemlos, ihren Mandanten aus den Schlagzeilen herauszuhalten. Aufgrund seines untadeligen Lebenslaufs und der überzeugend vorgetragenen Zerknirschtheit sprach nichts gegen eine Bewährungsstrafe. Positiv wurde dabei auch die gute Sozialprognose bewertet. Denn Guntram Waldvogel war über beide Ohren verliebt. Und seine Liebe wurde erwidert.

Nein, die schöne Dame ließ sich nicht von der Tat des Poeten abschrecken – im Gegenteil, sie half ihm, eben jene Tat und die damit verbundenen Schuldgefühle zu verarbeiten. So erschien nach gerade mal vier Monaten der erste Gedichtband des auf sieben Teile angelegten Zyklus *Sühne und Schuld.* Den Titel des Auftaktbandes fand Guntram Waldvogel besonders gelungen. Er lautete: *Scheren zu Pflugscharen.*

RANDNOTIZ

In den letzten zehn Jahren ist die Anzahl inhabergeführter Buchhandlungen um circa ein Viertel gesunken.

*Jan Zweyer*

## Ohne Rückgaberecht

Bereits seit drei Generationen war die Buchhandlung im Familienbesitz. Aber so, wie es aussah, würde diese Tradition mit ihr aussterben. Schon ihr verstorbener Mann, Franzose und Weinhändler aus Passion, hatte sich mit ihrer Tätigkeit schwergetan. Auch ihre Söhne, beide schon längst erwachsen und mit eigener Familie, hatten nie ein Interesse daran gezeigt, Bücher zu verkaufen. Und die drei Enkelkinder betrachteten Gedrucktes als unvermeidliches Übel, das nur dann zur Hand genommen wurde, wenn es unbedingt sein musste. Lehrbücher gehörten in diese Kategorie. Und die Bedienungsanleitungen von neuem technischen Schnickschnack wie diesen E-Book-Readern.

Mathilde Winter seufzte und sortierte weiter Bücher aus den Regalen, die sie remittieren musste. Sie konnte sich nicht vorstellen, wie man ohne Bücher überhaupt existieren konnte. Bücher lebten. Sie machten Kino im Kopf. Und sie hatten ihren eigenen Geruch, der sich mit der Zeit veränderte. Nach Druckerschwärze und Klebstoff, nachdem sie von der Schutzfolie befreit worden waren. Und nach Staub, wenn sie jahrelang in Regalen gestanden hatten.

Sie war vor drei Monaten siebzig Jahre alt geworden. Wenn sie Glück hatte, konnte sie trotz der Schwierigkeiten, die sie beim längeren Stehen hatte, noch einige Zeit ihren Beruf ausüben, der noch nie Broterwerb, sondern schon immer Berufung gewesen war. Wenn es sie nicht mehr gab, würde ihre Buchhandlung in der Kleinstadt am Rand des Ruhrgebiets für immer schließen. Ihre Kunden mussten dann ihre Lektüre in der nächsten Großstadt oder online erwerben.

Die kleine Glocke an der Tür signalisierte Kundschaft. Langsam kletterte Mathilde von der Leiter herunter, sorgsam bemüht, sich festzuhalten. Sie machte ein freundliches Gesicht, während sie sich vergegenwärtigte, welche Bücher eben diese Kundin bei ihren letzten Besuchen gekauft hatte. Ihr Gedächtnis wies manchmal Lücken auf. Ihr entfielen häufiger die Namen ihrer Kundschaft. Aber Buchtitel und Autorennamen vergaß sie nie.

»Guten Tag, Frau …?«

»Wilmeier.«

Die Buchhändlerin lächelte entschuldigend. »Das Alter. Hat Ihnen das Buch von Marc-Oliver Bischoff gefallen, das ich Ihnen empfohlen habe?«

»Ja, danke. Sehr gut, wirklich. Das war ein Krimi genau nach meinem Geschmack.« Die Kundin suchte in ihrer Handtasche. »Ich brauche heute … Wo ist denn nur der Zettel? Ich habe ihn doch eben noch gehabt.«

Mathilde Winter wartete geduldig.

»Ich muss ihn wohl zu Hause gelassen haben. Es geht um Folgendes: Meine Tochter benötigt für ihr Studium ein Buch, in dem es um irgendwelche Gebäude geht … Nein, warten Sie. Es hat was mit Rebellion zu tun. Genau. Das war es. Eine Revolution oder so. Das Buch wurde für eine Ausstellung gemacht … irgendein Museum … in Herne?«

Solche Kundinnen hielten den Geist jung. Denksportaufgaben für Buchhändler. Mathilde Winter überlegte. Gebäude? Revolution? Museum? Dann hatte sie es. »Sie meinen sicherlich den Begleitband zu der Ausstellung im Archäologiemuseum Herne. *Burgen an der Ruhr.* Der Titel des Buches ist *Aufruhr.*«

Frau Wilmeier strahlte sie an. »Genau. *Aufruhr.*«

»Das habe ich leider nicht vorrätig und müsste es Ihnen bestellen. Spätestens am Freitag wäre es hier.«

»Wunderbar.«

»Und Ihr Name war …?«

»Wilmeier.«

Die Buchhändlerin notierte die Bestellung und die Kundin verließ den Laden.

Ihr Geschäft befand sich am Marktplatz in der Mitte des Ortes. Hier warteten noch der Metzger, Bäcker und Frisör auf Kunden, ein kleines Kaufhaus bot von Spielwaren bis Damenunterwäsche alles Mögliche an und die Filiale einer Bank grenzte direkt an die Buchhandlung. So war es schon immer gewesen und so könnte es auch noch die nächsten Jahre weitergehen, fand Mathilde Winter.

Allerdings kamen ihr immer häufiger Zweifel. Nein, es waren nicht nur die schmerzenden Füße, die ihr das Leben schwer machten. Es waren die rückläufigen Verkaufszahlen, die ihr Sorgen bereiteten. Immer häufiger kam es vor, dass Kunden nach ausführlicher Beratung den Laden verließen und kein Buch mitnahmen. Und wenn sie dann doch irgendwann wiederkamen und von der Buchhändlerin auf das vor Kurzem gezeigte Interesse angesprochen wurden, taten sie ahnungslos. »Ein Buch? Ich? Sie müssen sich irren«, hieß es dann.

Aber Mathilde Winter irrte sich nicht. Niemals. Und sie wusste, dass nicht wenige dieser Kunden zwar die Beratung schätzten, aber den Weg zurück in ihren Laden scheuten, wenn das Gewünschte nicht gleich parat war. Die Leute griffen lieber auf das Internet zurück. Die Versandhändler lieferten prompt und ohne Wartezeit. Und noch dazu kostenlos.

Ihre Umsätze gingen langsam, aber kontinuierlich zurück. Deshalb achtete auch sie sehr darauf, dass sie zu guten Konditionen einkaufen konnte – obwohl sie in immer weniger hohen Stückzahlen orderte. Wenn sie ehrlich war, bestellte sie daher ihre Ware am liebsten bei Vertretern großer Verlagshäuser. Denn die waren in der Regel festangestellt und Mathilde Winter hatte ihnen gegenüber ein weniger schlechtes Gewissen ob der rückläufigen Bestellmengen. Freie Handelsvertreter, die kleinere Verlage vertraten, wurden nach Rechnungssumme entlohnt, hieß also, eine kleine Bestellung gleich weniger Geld für den Vertreter.

Die Glocke klingelte. Ein ihr unbekannter Mann betrat den Laden.

»Guten Tag«, stellte sich dieser vor. »Ich heiße Hugo Schöttler. Ich vertrete die Verlage …« Er zählte eine Reihe von Verlagshäusern auf, griff in seine Aktentasche und zog bunte Prospekte hervor.

Selbstredend kannte sie die Verlage, bestellte deren Produkte aber nur über einen Grossisten. Ein Vertreter für diese Häuser hatte sie noch nie aufgesucht.

»Seien Sie bitte nicht irritiert, wenn Sie meinen Namen nicht in den Vorschauen finden. Herr Büsow, der eigentlich für Sie und die hiesige Region zuständig ist, ist krankheitshalber verhindert. Ich bin für ihn eingesprungen und möchte Ihnen ein ganz besonderes Angebot machen. Sozusagen als Appetitanreger möchte ich Ihnen ein Krimipaket anbieten. Je zehn Bücher von Gabriella Wollenhaupt, Theo Pointner und Lucie Flebbe. Sie bekommen Reisehöchstrabatt, dazu je ein Partiestück und ein halbes Jahr Valuta. Und ich kann Ihnen die Bücher gleich hierlassen, dann sparen Sie auch noch die Liefergebühren. Selbstverständlich nehme ich die

Ware wieder zurück, wenn Sie sie bis zu meinem nächsten Besuch nicht verkauft haben. Sind Sie interessiert?«

Mathilde Winter nickte. Die Konditionen waren gut – und Krimis im Moment gefragt. Warum also nicht?

»Wenn Sie sich einen Moment gedulden, hole ich die Bücher schnell aus dem Wagen.« Schöttler verschwand.

Wenig später stand er mit einem Karton unter dem Arm wieder im Geschäft. »Soll ich die Bücher in Ihr Lager tragen?«, fragte er. »Dann müssen Sie sich nicht damit abmühen.«

»Das wäre nett. Warten Sie, ich gehe vor.«

Ihr Lager befand sich im Hinterzimmer. Es war nicht besonders groß, aber die Miete für alles war auch so schon fast zu hoch für sie. Die Regale reichten in dem Raum bis unter die Decke.

»Stellen Sie die Bücher bitte dorthin.« Mathilde Winter zeigte auf einen kleinen Tisch rechts der Tür. »Dort lagere ich meine Neuankömmlinge. Ich sortiere sie später ein.«

Gehorsam packte der Vertreter die Krimis dorthin. Dann sah er sich in dem Raum um. »Viel Platz haben Sie hier ja nicht gerade.«

»Das stimmt. Aber es reicht. Ich bestelle dafür öfter.«

»Die Regale sind aber nicht mehr die jüngsten, oder?«

»Leider nein.«

Schöttler griff eines der Gestelle und wackelte daran. »Sehr standfest scheinen sie mir nicht mehr zu sein.«

Mathilde Winter kicherte leise. »Umgefallen ist noch keines.«

»Das könnte aber leicht passieren.« Der Vertreter kratzte sich am Kopf. »Ich hätte da möglicherweise ein Angebot für Sie.«

»Das lautet wie?«

»Einer der Verlage, die ich vertrete, erneuert gerade sein Mobiliar. Die alten Regale dürften genau in diesen Raum passen. Sie sind wesentlich stabiler als diese hier. Und deutlich tiefer. Sie könnten mehrere Reihen Bücher hintereinander darin unterbringen. Na, wie wär's?« Er schaute die Buchhändlerin aufmunternd an.

»Was würden diese Regale denn kosten?«, erwiderte Mathilde Winter vorsichtig.

»Keinen Euro. Den Transport könnte ich übernehmen.«

»Das würden Sie tun?«

»Natürlich. Aber ich erwarte eine Gegenleistung.«

Jetzt kommt das dicke Ende, dachte die Buchhändlerin und ihr verhaltener Optimismus verflog. »Welche?«

»Sie bestellen die Produkte meiner Verlage nicht mehr beim Grossisten, sondern bei mir.«

Mathilde Winter zögerte. Sie sollte sich an diesen Menschen binden? »Sie erwarten doch dann bestimmt die Abnahme von Mindestmengen?«

Schöttler lächelte. »Keine Angst, Sie bekommen wirklich gute Konditionen. Die Lieferkosten müssen Sie zum Beispiel gar nicht tragen. Und Sie können doch jederzeit remittieren.«

Die Buchhändlerin dachte nicht länger nach. »Einverstanden. Lassen Sie uns vorne hinsetzen und die Programme durcharbeiten.«

»Wenn es Ihnen recht ist, würde ich zunächst gern den Raum ausmessen. Schließlich sollen die neuen Regale ja passen, oder?« Der Vertreter zog einen Zollstock aus der Tasche. »Ich nehme nur kurz Maß und komme dann nach.«

Wenig später beugten sich beide über die bunten Verlagskatologe. Mathilde Winter stellte Fragen zu einzelnen Titeln, doch zu ihrer Überraschung konnte Schöttler nur unzureichend Antwort geben. Aber vielleicht arbeitete er noch nicht lange in dieser Branche, das würde auch sein forsches Vorgehen erklären. Sie fragte ihn direkt.

Er grinste. »Sie haben mich ertappt. Bis letzten Monat war ich als Telefonverkäufer tätig.«

»Und was haben Sie da verkauft?«, wollte Mathilde Winter wissen.

»Dübel und so ein Zeug. Aber das hat mich nicht mehr befriedigt. Bücher sind wesentlich interessanter.«

»Das kann ich verstehen«, versicherte die Buchhändlerin.

Am Ende hatte sie sich zwanzig Titel ausgesucht, die in den nächsten Monaten erscheinen sollten und die sie ihren Kunden besonders ans Herz legen wollte. Schöttler versprach, ihr, sofern vorhanden, möglichst bald Leseexemplare zukommen zu lassen.

Als er ging, wäre er vor der Ladentür fast mit dem nächsten Kunden zusammengestoßen.

»Guten Morgen, Frau Winter«, sagte dieser, nachdem er eingetreten war. »Ist das Buch schon da, das Sie für mich bestellt haben?«

»Es ging um den neuen Reinhard Junge, nicht wahr, Herr …?« Sie lächelte verlegen. »Mein Gedächtnis ist nicht mehr das Beste.«

Der Kunde nickte. »Walthers. Das kenne ich. Da steht jemanden vor einem, der Name liegt einem auf der Zunge, aber er fällt einem nicht ein. Geht mir auch häufiger so. Machen Sie sich nichts daraus. Hauptsache, Sie vergessen meine Bücher nicht. Und natürlich haben Sie recht. Es war der Band von Junge.«

»Bücher würde ich nie vergessen. Nicht ihre Titel, nicht ihre Verfasser und auch nicht den Inhalt. Niemals.« Sie packte das Buch in eine Tüte und nahm das Geld entgegen. »Auf Wiedersehen, Herr … Verdammt!«, fluchte sie leise.

Schon zwei Tage später stand Schöttler mit mehreren Büchern unter dem Arm wieder in ihrem Laden.

»Sie bringen mir die Leseexemplare persönlich vorbei?«, wunderte sich Mathilde Winter.

»Ja. Zum einen war ich ohnehin in der Nähe, zum anderen muss ich noch etwas mit Ihnen besprechen.«

»Bitte?«

»Der Abbau der alten und Aufbau der neuen Regale wird ziemlichen Lärm verursachen.«

»Wieso denn das?«

»Das System, welches Sie bekommen, wird fest mit der Wand verschraubt. Da muss gebohrt werden und gedübelt. Und die Wände scheinen aus Beton zu bestehen, habe ich den Eindruck.«

Mathilde Winter bejahte. »Das sind die zur Bank hin. Da kann ich noch nicht einmal einen Nagel einschlagen.«

»Sehen Sie. Deshalb muss ich mit einem Bohrhammer zu Werke gehen. Sie werden, wenn solch ein Teil loslegt, hier im Laden Ihr eigenes Wort nicht mehr verstehen.«

»Das ist aber nicht gut, wenn Kundschaft da ist.«

»Eben. Daher mein Vorschlag: Ich erledige diese Arbeiten an einem Samstagnachmittag und – falls ich nicht rechtzeitig fertig werde – auch noch am Abend. Was halten Sie davon?«

Der Samstagnachmittag. Da hatte sie den Laden immer geschlossen. Dieser Nachmittag war ihr heilig, denn sie traf sich wöchentlich mit ihren Freundinnen zum Bridge. Sie wechselten sich als Gastgeber ab, aber immer gab es frischen Kaffee und selbst gebackenen Kuchen und hinterher Eierlikör. »Ich habe am Samstag etwas vor«, erwiderte sie deshalb.

»Verstehe. Und was ist mit dem Samstag der nächsten Woche?«

Dann war sie an der Reihe, die anderen einzuladen. »Geht auch nicht.«

Schöttler machte ein nachdenkliches Gesicht. »Ich habe eine Idee …«

»Ja?«

»Sie geben mir den Ladenschlüssel und ich erledige die Arbeiten während Ihrer Abwesenheit. Vorausgesetzt, Sie vertrauen mir Ihre Bücher an.«

Das war ihr nicht recht. Nur ungern ließ sie Handwerker unbeaufsichtigt arbeiten. Andererseits konnte sie die neuen Regale wirklich gut gebrauchen. Und sie bekam sie ja auch noch umsonst. Sie gab sich einen Ruck. »Einverstanden. Am nächsten Samstag.«

Kurz nach Mittag an dem Samstag rückte Schöttler mit einem zweiten Mann an. Die beiden waren mit einem Kleinlaster vorgefahren, auf dessen Ladefläche Stahlregale lagen. Doch als Erstes schleppten die Männer jede Menge Werkzeug in das Lager.

Mathilde Winter wunderte sich etwas, dass es so aufwendig war, Regale ab- und aufzubauen, schwieg aber. Um kurz vor zwei verabschiedete sie sich.

»Ich mache dann Feierabend«, sagte sie und gab Schöttler den Schlüssel. »Bitte verriegeln Sie die Tür sorgfältig, wenn Sie gehen. Und danke für Ihre Mühe.«

Mit einem unguten Gefühl verließ sie ihren Laden.

Beim Kartenspiel verließ sie diese Beklemmung nicht. Sie spielte so unkonzentriert, dass ihre Freundinnen sie sogar darauf ansprachen.

»Was ist mit dir heute los?«

»Ich weiß es nicht«, gestand sie. »Mir geistert die ganze Zeit etwas im Kopf herum und ich kann es nicht greifen.«

»Das ist doch nichts Neues«, neckte eine zweite Freundin. »Du vergisst doch sogar meinen Vornamen.«

»Nein, das ist es nicht«, versicherte Mathilde Winter. »Es hat irgendetwas mit einem Buch zu tun.«

Abends in ihrer Wohnung ging sie in den Raum, der ihr als private Bibliothek diente. Die Bücher hier hatten sie durch ihr Leben begleitet: Böll, Grass, Kästner zum Beispiel. Gedankenverloren strichen die Finger ihrer rechten Hand über die Buchrücken. Viele wunderbare Stunden hatte sie mit diesen Werken verbracht, sich von ihnen in geheimnisvolle Welten entführen lassen. Sie schloss die Augen und ging langsam weiter. Schließlich zog sie das Buch, das sie zuletzt ertastet hatte, aus dem Regal. Darin würde sie heute lesen. Sie schaute auf den Titel.

*Rififi* von Auguste Le Breton. Eines der wenigen Bücher, die ihr Mann hinterlassen hatte. Erfolgreich verfilmt von Jules Dassin. Sie erinnerte sich an das François Truffaut zugeschriebene Bonmot, *Rififi* sei der beste Kriminalfilm, den er je gesehen habe. Und basiere auf der schlechtesten Novelle, die er je gelesen habe.

Natürlich kannte sie auch den Inhalt des Buches. Wie gesagt, solche Details vergaß sie nie. Ein Banküberfall wurde darin beschrieben. Die Täter drangen von einem Nachbarhaus durch eine Decke in den Tresorraum vor.

Plötzlich fiel es ihr wie Schuppen von den Augen. Sie griff zum Telefonhörer.

Schöttler und sein Kumpan konnten noch am Tatort festgenommen werden. Das Gericht billigte ihnen beim Strafmaß weder Rabatt noch Rückgaberecht zu.

**RANDNOTIZ**

Die drei meistverkauften Bücher der Welt sind *Die Bibel*, die *Worte des Vorsitzenden Mao Tsetung* und das *Manifest der kommunistischen Partei* von Karl Marx und Friedrich Engels.

*Jacques Berndorf*

# Das Buch

Einmal, daran erinnerte er sich genau, war er in die Versuchung geraten, das Buch zu zerstören. Zu zerreißen, vielleicht im Garten ein Feuer zu machen und es zu verbrennen. Das war zu einer Zeit gewesen, als man das Buch wie ein schnell wirkendes tödliches Gift empfand, das Tod schon bewirkte, nur weil man das Buch besaß. Ein Kontaktgift gewissermaßen. Aber das war vorbei, jetzt schien sich niemand mehr darum zu kümmern, angeblich war das Buch nicht zu kaufen, angeblich gab es keine neue Auflage, niemand sprach mehr davon. Es stand seit Jahrzehnten in dem Regal, in dem er alte Bücher versammelt hatte, Bücher seines Vaters, Bücher seiner Familie aus einer fernen Zeit, Bücher, an die sich niemand mehr erinnerte, die wahrscheinlich schon zum Zeitpunkt ihres Erscheinens nur von ganz wenigen Menschen gelesen worden waren. Dieses eine Buch allerdings war nach seinem Erscheinen von vielen gelesen worden, wenngleich das heute keine Rolle mehr spielte. Nahm er jedenfalls an.

Es war Adolf Hitlers *Mein Kampf*, eine Ausgabe von 1936, Leinen, dunkelblau. Er hatte es nicht zerstört, weil darin zwei Bemerkungen standen, mit Bleistift an den Rand geschrieben. Zum einen eine Bemerkung seines Vaters. Zum anderen in einer stark nach rechts geneigten, ordentlichen Handschrift mit großen, beinahe lyrisch wirkenden Rundungen ein Kommentar seiner Großmutter. Sie hatte keinerlei Schriftliches hinterlassen, nicht einmal eine Urlaubskarte. Aber die Schrift, das war eindeutig, gehörte zu seiner Großmutter, einer Frau namens Johanna Katharina Lungen.

Er hatte keine Erinnerung an sie, verwahrte nur ein Bild. Eine alte Frau, die schwarz gekleidet in einem Sessel saß und vor sich hinstarrte. Offensichtlich stumm, zumindest keiner Sprache mächtig. Vielleicht gelähmt von irgendeiner Krankheit, vielleicht dem Tode nahe, kurz vor einem letzten Atemzug. Dunkel, still, bedrohlich.

Notfalls konnte er die Schrift belegen, beweisen. Auch wenn er nicht ernsthaft glaubte, dass irgendjemand ihn um einen Beweis bitten würde. Wally allenfalls, aber die wusste ja von nichts. Das war auch besser so, alles andere würde nur stören. Wally hatte so eine unangenehme Art, Fragen zu stellen, Wally konnte er nicht mit Belanglosem abspeisen.

Der Beweis war eine *Postausweiskarte,* ein merkwürdiges, leicht rötliches Dokument, ausgestellt am 11. Mai 1945, also an einem Tag, als das Land in Trümmern lag und kein Mensch mehr ordentliche Papiere besaß, nachdem er durch die Hölle der Bombenangriffe gegangen war. *Lungen,* stand da, *geb. Siedel.* Ausgestellt von dem Postamt in Mayen, einer kleinen Stadt in der Eifel. Keinerlei weitere Angaben außer *Hausfrau ohne Beruf,* keine Adresse. Sie hatte ordentlich und unverkennbar mit *Johanna Katharina Lungen* unterschrieben, mit jenen nach rechts ausgerichteten Buchstaben und den großen lyrischen Schwüngen im L von Lungen und J von Johanna. Kein Zweifel.

Jetzt saß er vor seinem kleinen Schreibtisch und empfand eine tiefe Scham. Er wusste nicht, wie man mit Scham lebte, er hatte unklare, verschwommene Vorstellungen von Schuld und Bedrückung, er empfand es als ausgesprochen ekelhaft, ein solches Gefühl zu seinem Ich hinzufügen zu müssen. Er war sich nicht sicher, ob er das aushalten, ob nicht irgendetwas in ihm explodieren würde, ob nicht Wally ihn neben seinem Stuhl auf dem Teppichboden finden würde, leblos und mit einem Rest von Tränen in den Augenwinkeln. Nach einem ganzen Leben, nach all dieser Zeit.

Johann Klinger war achtundsiebzig Jahre alt und er galt als ein fröhlicher Mann, der gern lachte und den Menschen mit viel Nachsicht und viel Verständnis begegnete. Der schmale weißhaarige Mann war immer ein wenig schludrig gekleidet, hatte ein Gesicht wie altes Leder und große Hände, die er beim Reden vor seinem Bauch tanzen ließ. Von seinen grauen Augen behauptete Wally immer: Die sehen so schrecklich genau.

Jetzt also dieses Buch.

Er straffte sich.

Er würde ehrlich sein und er würde mutig sein, er wollte sich endlich mit den Zeilen auseinandersetzen. Er musste zugeben, dass er all die Jahre hindurch gewusst hatte, was sie bedeuteten, ebenso wie er zweifelsfrei gewusst hatte, dass sie dort in diesem Buch standen. Bemerkungen am Rande. Die Zeilen seines Vaters, die Zeilen seiner Großmutter Johanna Katharina Lungen. Warum, zum Teufel, hatte er so getan, als gebe es dieses Buch nicht? Es hatte immer neben ihm im Regal gestanden.

Wenn er an Matthias dachte, überkam ihn hektische Erregung. Er hatte dem Jungen etwas anderes erzählt, als die Zeilen in dem Buch dokumentierten, er hatte getönt, lauthals getönt: »Soweit ich weiß, mein Junge, hat in meiner Familie niemanden diesen Hitler geliebt oder gar verehrt. So weit ich zurückdenken kann, haben wir diesen Mann verachtet für das, was er lebte und sagte und tat.«

Es war so schwer. Und er fühlte Einsamkeit. Er war versucht, zu Wally zu gehen und zu sagen: »Ich muss mit dir über ein Buch sprechen!« Aber er stand nicht auf, er bewegte sich nicht. Wahrscheinlich würde Wally auf ihre praktische lebenskluge Art nur leichthin erwidern: »Dann rede mit mir, damit du es anschließend vergessen kannst.« Da war nichts zu vergessen, es war in der Welt, in diesem Buch, gleich neben ihm, in diesem gottverdammten mit altem Buchkram gefüllten Regal.

Matthias? Wie alt war er jetzt? Siebzehn, achtzehn? Achtzehn war er. Natürlich hatte er gefragt, was denn die Familie zur Hitlerzeit gemacht habe. Und wie sie gedacht, ob sie denn eine Ahnung gehabt habe von den getöteten sechs Millionen Juden und Sinti und Roma und Schwulen und Lesben und politischen Gegnern. Das waren ganz normale Fragen an Opa Hannes. Weil: Wenn jemand etwas wusste, dann Opa Hannes. »Soweit ich weiß, haben wir diesen Hitler immer verachtet!«

Großer Gott, was mache ich jetzt?

Er bewegte sich leicht nach links, er nahm das Buch und schlug es auf. Er brauchte die Seite nicht zu suchen, sie schlug sich von selbst auf, weil er in den letzten Wochen immer nur diese Seite aufgeschlagen und angestarrt hatte.

Da stand auf Seite sechsundneunzig in der pingeligen, winzigen, präzise wirkenden Handschrift seines Vaters neben dem gedruckten Text: *Der Jude, gewitzt durch eine lange Erfahrung der Gegnerschaft im Volkskörper, hat es durch die Jahrhunderte gelernt, zu täuschen und zu tricksen. Er beherrscht das, es liegt ihm im Blut. Aber es geschieht wohl unbewußt.*

Kein Zweifel, Worte seines Vaters. Er hatte sein Leben lang die Angewohnheit gepflegt, Einzelheiten der Bücher, deren Inhalt er interessant fand, am Rande der Seiten zu kommentieren. Diese Worte waren nicht abzustreiten, sie standen da, sie waren in dieser Welt.

Was sage ich Matthias?

Dann noch der Kommentar zum Kommentar. Diesmal in der weichen, nach rechts sich neigenden Schrift der Mutter seines Vaters, seiner Großmutter. Und da der Platz am Rand nicht mehr reichte, hatte sie unten am Fuß der Seite weitergeschrieben. *So ein Unsinn! Juden verderben uns! Sie beten zu ihrem Gott, er möge uns von der Erde nehmen. Juden sind und bleiben Gesocks!*

Gesocks, ein merkwürdiges Wort. Wahrscheinlich benutzte man es heute gar nicht mehr, wahrscheinlich musste man es erklären. Was würde man heute sagen? Gesindel? Pack? Abfall?

Ich kann nicht zu Matthias gehen und erklären: Ich habe mich getäuscht. Ich habe mich in meinem Vater getäuscht. Ich habe mich in meiner Großmutter getäuscht. Ich habe mich in meiner Familie getäuscht. Sie haben Hitler nicht verachtet, sie haben ihn auf keinen Fall verachtet, sie fühlten etwas ganz anderes.

Was hast du mit den Bemerkungen in diesem Buch gemacht? Wie lange steht dieses Buch neben dir in diesem Regal? Du hast einmal darin geblättert. Das muss zwanzig Jahre her sein, vielleicht länger, vielleicht dreißig Jahre. Du hast die Bemerkungen gelesen und es besteht kein Zweifel daran, dass du sie sofort verstanden hast. Dann hast du das Buch zugeklappt und an seinen Platz zurückgestellt, um so schnell und so gründlich wie möglich zu vergessen, was du eben gelesen hast. Panik.

Du hättest zu deinem Vater gehen können. Da lebte er noch. Du hättest sagen können: Ich habe hier etwas gefunden. Erkläre mir das bitte! Aber du bist ein mieser Fragesteller, du hast nicht gefragt. Aber vielleicht hättest du auch keine Antwort bekommen, mein Freund. Vielleicht nur etwas Gestottertes. Vielleicht nicht einmal das, stattdessen so was Hingeworfenes, Banales, unfreundlich Aggressives wie: Was geht dich das an? Das ist uraltes Zeug!

Aber es lebt!, hättest du brüllen können.

Und jetzt Matthias.

Erst hast du die Bemerkungen in dem Buch entdeckt, sehr viel später dann bist du zur alten Ursula gelaufen. Wie lange ist das jetzt her? Zwei Monate ungefähr. Wie oft bist du zu der Alten gerannt? Sechs Mal? Acht Mal? Und warum? Weil dir plötzlich der Arsch auf Grundeis ging, ganz einfach.

Was sage ich Wally? Sie muss mitbekommen haben, dass ich die alte Ursula besucht habe. Sie bekommt alles mit, schließlich sind wir seit über vierzig Jahren verheiratet. Ursula Pallemanns, zwei Häuser weiter, alte Sippe, weit verzweigt, beliebt, immer gut drauf, immer gut für ein paar Flaschen Bier am Abend. Wie alt ist Ursula jetzt wohl? Sie muss knapp über neunzig sein. Mindestens. Und wird bestimmt hundert, sie ist der Typ, der jeden Ischias einfach weglacht.

Ihm war schon als Kind aufgefallen: Mit den Pallemanns war kein Umgang. Irgendetwas war mit Pallemanns, irgendetwas, was irgendwie nicht normal war. Er hatte danach gefragt, aber keine Antwort bekommen. »Wieso?«, hieß es. »Ist doch alles normal.« – »Ist es eben nicht«, hatte er widersprochen. »Wir duzen die ja nicht einmal!« – »Es geht auch ohne duzen!«, hieß es etwas rotzig. Siezen im Dorf? Das war irgendwie schon sehr verrückt und stimmte hinten und vorne nicht.

Er versuchte, diesen Zustand begreiflich zu machen, sich selbst begreiflich zu machen. Er fand: Eiszeit. Zwischen Pallemanns und ihnen herrschte Eiszeit. So lange er zurückdenken konnte.

Als er dann das Buch genommen und darin geblättert hatte, als ihm die Bleistiftbemerkungen klar wurden, da hatte er gedacht: Vielleicht hat die Eiszeit mit Pallemanns auch mit Johanna Katharina Lungen zu tun. Mit dieser Frau, die so bösartig und dumm sein konnte, deren Welt so klein und so schrecklich verbogen war.

Deshalb war er zu Uschi Pallemanns gegangen.

Es war schrecklich gewesen in dieser uralten engen, viel zu dunklen Küche. Uschi hatte am Tisch gesessen und sie hatte ihn stottern lassen. Sie hatte ihn tatsächlich stottern lassen, ihm mit keinem Wort geholfen, einfach nur dagesessen und auf die Tischplatte gestarrt.

»Also, sagen wir mal so«, hatte er begonnen. »Ich bin hier, weil da irgendetwas gewesen sein muss.« Dann hatte er eine lange Pause machen müssen, weil er keine Worte mehr fand. Schließlich hatte er die Stille unterbrochen, indem er zwei Schritte nach vorn machte und sich einen Stuhl zurechtrückte, um sich zu setzen. »Da muss irgendetwas gewesen sein. Als ich ein Kind war. Das ist doch alles nicht normal zwischen uns und euch. Da war doch was. Und deshalb bin ich hier.«

In seiner Erinnerung hatte es eine Viertelstunde gedauert, ehe Uschi Pallemanns sehr boshaft genickt hatte: »Ja, so kann man das ausdrücken. Da war etwas.«

Das furchtbar lange Schweigen, das wie eine Bestrafung gewesen war. Sie hatte da in der dunklen Küche an ihrem Tisch gehockt und auf die Tischplatte gestarrt. Manchmal schien es ihm, als amüsiere sie sich, einmal hatte er geglaubt, ein Lächeln in ihrem schmalen Gesicht zu sehen. Ein schnelles Lächeln wie ein huschender Schatten, viel zu schnell, um mehr zu sein als eine Ahnung.

Wahrscheinlich quälte sie sich morgens aus dem Bett und in ihre Kleider, ging in die Küche und setzte sich an diesen

Tisch, um irgendwann, wenn ihr die Augen zufielen, zu ihrem Bett zurückzugehen, sich die Kleider vom Leib zu streifen und sich in die Kissen zu legen. Bevor dann am Morgen alles wieder von vorn begann. Warum tat sie das? Warum blieb sie nicht einfach liegen? Sie hatte für niemanden zu sorgen, sie war allein. Vielleicht war es Trotz? Oder vielleicht war es der Gedanke, dass sie ihrem Herrgott den Tag schuldig war? Oder einfach nur Routine, über die sie nicht nachdachte?

Beim siebten Besuch war ihm der Kragen geplatzt. Er war wütend geworden, er hatte es sattgehabt, ein Bittsteller zu sein. Er hatte gebrüllt: »Verdammt noch mal, Uschi, ich bin ein alter Mann. Ich habe dich etwas gefragt und du antwortest nicht. Das habe ich nicht verdient, so kannst du nicht mit Menschen umgehen!«

Erst bei diesem Besuch hatte sie in ihre schmuddelige Schürze gegriffen und ihm den Brief gereicht. Sie hatte kein Wort gesagt, einfach nur das Papier über die abgeschabte Tischplatte geschoben.

Johann Klinger starrte in das Buch, auf die Bleistiftbemerkungen, nahm dann den Brief und strich ihn glatt. Es war ein Bogen aus einem karierten DIN-A4-Block, beschrieben mit der weichen nach rechts geneigten Schrift der Johanna Katharina Lungen. Datiert vom 11. November 1944. Es war das Original, geschrieben mit Tinte.

*Sehr geehrte Reichsparteileitung!*
*Ich wende mich heute an Sie, weil ich nicht damit einverstanden bin, dass in unserer Straße eine Familie wohnt, die ein Fremdkörper ist. Sie machen abfällige Bemerkungen über unseren geliebten Führer und sollen am letzten Sonntag geäußert haben, dass der Krieg sowieso verloren sei. Sie halten in einem Käfig einen Papagei, der den Na-*

*men des Reichsfeldmarschalls trägt, und wenn Besucher mit »Heil Hitler« grüßen, dann sagt der Papagei: »Göring Plappermaul!« Ich kenne eine Zeugin, die gehört hat, wie Gustav Pallemanns ausgesagt hat, es wäre Zeit, dass der braune Spuk vorbei sei. Ich denke, diese Familie verdirbt die ganze Nachbarschaft, ja, sie verdirbt das ganze Dorf.*
*Hochachtungsvoll!*
*Johanna Katharina Lungen.*

Johann Klinger saß da an seinem Schreibtisch und fühlte sich zerschlagen.

Er ahnte, dass dieser Brief Folgen gehabt hatte, so wie alle hinterhältigen Nachrichten Folgen hatten. Keine Lehrstelle für den Sohn, nicht der richtige Beruf für die Tochter, kein Angebot des Nachbarn, das Haus zu kaufen, keine Anstellung, kein Ansehen mehr im Dorf. Niemand wusste etwas, niemand sagte etwas, alle flüsterten. Alle diese furchtbaren Folgen.

Klinger wusste nicht, wie er das Bild von sich reparieren konnte, ohne es vorher zu zerstören. Er wusste überhaupt nichts. Er musste sich zerstören. War es hilfreich, das Buch und den Brief draußen im Garten zu verbrennen?

Und Matthias?

Und was sage ich Matthias?

Was geschieht, wenn ich gar nichts tue? Einfach alles so lasse, wie es ist. Niemand weiß davon, niemand weiß alles, kein Mensch kann es rekonstruieren, es ist fast siebzig Jahre her, das ist eine Ewigkeit. Da muss man doch einfach nichts mehr erklären.

Plötzlich empfand er ein sehr hohles Gefühl im Bauch und gleichzeitig begann der linke Arm scharf zu schmerzen. Er versuchte zu rufen, aber die Kraft reichte nicht mehr. Er sagte nur matt: »Wally!«, und: »Hilfe!« Er rutschte seitlich von seinem Stuhl und fiel schräg nach vorn auf den Teppichboden. Es tat sehr weh, alles tat sehr weh.

Als Wally dann kam und hastig, aber sachlich hervorstieß: »Bleib da unten liegen, ich rufe Doktor Sander«, murmelte Johann Klinger einigermaßen gut gelaunt: »Ich muss mit dir über ein Buch sprechen.«

»Immer diese alten Sachen«, antwortete Wally lächelnd.

## RANDNOTIZ

*Schlagt ihn tot, den Hund!*
*Es ist ein Rezensent.*
Johann Wolfgang von Goethe, 1774

*Christoph Güsken*

# Frisch eingeschweißt

In einer lauen Nacht im August schlug der Autorenkiller zum ersten Mal zu. Damals hieß er natürlich noch nicht so und später eigentlich auch nicht, weil die Presse ihn lieber ›das Tier‹ nannte. Tier, weil er offenkundig völlig frei von Skrupeln war und kein Mitleid kannte. Seine Opfer starben einen grausamen Tod. ›Tier‹ passte also besser als ›Autorenkiller‹, obwohl die zweite Bezeichnung sachlich zutreffender war.

Rainer Wagenbrecht wurde erst am Morgen nach dem Mord aufgefunden. Wagenbrecht, Autor zahlreicher Erfolgsromane wie *Armdrücken*, *Notausgang* und nicht zu vergessen: *Lidschatten*. Das war sein Markenzeichen: Der Titel bestand immer aus einem Wort, das wiederum aus zwei Worten bestand – Lid und Schatten, Arm und Drücken und so weiter. Es war erst zwei Wochen her, dass man im Fernsehen seinen neuen Roman *Sterbenswörtchen* hochgelobt hatte. Und jetzt fand man ihn an Bord seiner Segeljacht, auf die er sich zum Schreiben zurückzuziehen pflegte. Er hockte an Deck, seine Arme umschlangen den Mast und die Hände umklammerten ein Exemplar von *Sterbenswörtchen*. Nein, sie umklammerten es nicht: Der Mörder hatte die Hände des Autors auf dem Buch festgetackert – eine barbarische Tat. Laut Rechtsmedizin war Wagenbrecht verhungert.

Hauptkommissar Jens Eimermacher nahm die Ermittlungen auf. Von Anfang an betrachtete er den Fall nicht als einen x-beliebigen. Ein Mord an einem Schriftsteller, das war für ihn eine persönliche Angelegenheit. Eimermacher war Büchernarr durch und durch. Bücher übten auf ihn eine magische Anziehungskraft aus. Während andere vor der Glotze verkamen, schmökerte er. Die wenigen Beziehungen in seinem Leben waren immer daran gescheitert, dass er im Bett am liebsten las. Warum auch nicht? Das Leben war kurz und Bücher waren oft lang. Eimermacher hatte sich daran gewöhnt, wenige Freunde zu haben.

Rainer Wagenbrecht war tot. Eimermacher ermittelte, aber es gab nur wenige Spuren. Er befragte die Angehörigen. »Wie kann jemand so grausam sein?«, wollte Wagenbrechts Exfrau wissen und ihr Lover schloss sich der Frage an. Eimermacher hätte gern eine Antwort gegeben, aber noch wusste er keine.

Dann geschah der zweite Mord. Luis Charon Siffke, Autor von *Lange Weile*, eines euphorisch aufgenommenen Familienromans mit deutsch-deutschem Hintergrund, wurde im begehbaren Schrank seines Penthouses aufgefunden. Er war erstickt. Der Mörder hatte ihn auf einem Stuhl gefesselt und ihm so lange Papier in den Mund gestopft, bis der Schriftsteller nicht mehr atmen konnte. Offenbar hatte er sich gewehrt, gewürgt und gespuckt, aber am Ende war er machtlos gewesen.

Die Polizei stehe vor einem Rätsel, verkündeten die Medien, ohne zu erwähnen, dass die Polizei am Anfang der Ermittlungen immer vor einem Rätsel zu stehen pflegte. Zum ersten Mal machte das Wort ›Tier‹ die Runde, man sprach von einer Mordserie. Davon aber wollte Eimermacher nichts wissen. »Für eine Serie braucht es mindestens drei«, ließ er verlauten. »Dies ist allenfalls ein Zweiteiler.«

Die Presse nahm ihm diese Äußerung übel und nannte ihn zynisch. Der Chef nannte ihn einen dämlichen Idioten und rief eine *Soko Autorenkiller* ins Leben. Allerdings bestand diese aus nur zwei Mitarbeitern.

»Es ist Urlaubszeit und der Krankenstand hoch«, redete der Chef sich heraus. »Mehr ist nicht drin.«

»Ich dachte«, zischte Eimermacher höhnisch, »wir sind bei der Kripo und nicht bei der Bahn.«

»Machen Sie schon. Liefern Sie gefälligst Ergebnisse.«

Eimermachers Soko-Kollege war ein Hauptkommissar namens Sören Gauck, ein junger Spund, der sich für hochbegabt hielt, bloß weil er außer der Polizeischule auch noch die Uni besucht hatte und offenbar glaubte, Berufserfahrung zu haben, weil er ein Hauptseminar über Polizeiarbeit absolviert hatte. Gaucks Denken und Handeln wurde im Übrigen von seinem Smartphone gesteuert, dessen Display er nie aus den Augen ließ.

»Das ist das Traurige an euch jungen Leuten«, schimpfte Eimermacher. »Ihr glotzt ständig auf diese Spielzeuge und haltet euch für cool. Dabei wisst ihr nicht mehr, wie man ein Buch aufschlägt.«

»Das können Sie mir ja erklären«, gab Gauck frech zurück.

Bevor Hauptkommissar Eimermacher dazu Gelegenheit bekam, schlug der Autorenkiller das dritte Mal zu. Dieses Mal erwischte es Jaqueline La Roche. Sie wurde nackt in ihrer Sauna aufgefunden. Der Mörder hatte die Tür von außen verriegelt und die junge Frau praktisch bei lebendigem Leibe gegart – das behauptete jedenfalls das Fernsehen. La Roche war Autorin des Skandalromans *Ich liebe Kalmare,* den die Kritik so einmütig zu Schund erklärt hatte, dass das Buch seit Wochen unangefochten die Charts dominierte. Schlüpfrige Sexfantasien, mundgerecht auf den Bestsellermarkt zugeschnitten. Die entrüstete Öffentlichkeit gierte nach Fotos von der nackten Toten.

Für die Soko war der Zweiteiler damit durch, selbst Eimermacher musste sich damit abfinden, dass man es mit einer Mordserie zu tun hatte.

»Wir gehen jeder Spur nach«, versicherte er der Presse. Und die berichtete bildreich von den Menschenmassen, die vor der ›Todessauna‹ Blumen und Kränze niederlegten, und fragte: Was tut die Polizei?

In dieser Phase geschah etwas Außergewöhnliches: Gauck stieg zu seinem älteren Kollegen ins Auto und sein Handy blieb in der Hosentasche. »Wir suchen doch nach etwas, das die Morde verbindet, nicht wahr?«, meinte er.

»›Wir‹ ist wohl stark übertrieben«, ärgerte sich Eimermacher lautstark.

»Gestern Abend habe ich *Frisch eingeschweißt* gesehen.«

»Was soll das sein?«

»Eine Literatursendung. Weil Sie neulich sagten, dass ich nicht mal wüsste, wie man Bücher aufschlägt …«

»Da sieht man's schon wieder!«, entrüstete sich Eimermacher. »Statt selbst zu lesen, schaltet ihr die Glotze ein und lasst lesen.«

»Dr. Bent Gloreich ist Literaturkritiker. Er stellt neue Bücher vor und sagt einem, ob sie toll sind oder absoluter Mist.«

Eimermacher hielt nicht viel von Kritikern. Und von TV-Kritikern wie Gloreich schon gar nichts. Sie gefielen sich darin, Erfolgsromane zum Wort Gottes zu erheben oder sie in literarischer Scharfrichtermanier zu Ramschpapier zu degradieren.

»Ich habe ein bisschen recherchiert«, fuhr Gauck fort. »Gloreich hat *Sterbenswörtchen* besprochen. So heißt der Roman unseres ersten Opfers.«

»Denken Sie vielleicht, das wüsste ich nicht?«

»Das Buch sei so spannend, hat er damals gesagt, er habe es nicht mehr aus der Hand legen können.«

»Und weiter?«

»Verstehen Sie: aus der Hand legen. Wagenbrechts Hände waren an den Buchseiten befestigt. Das Opfer konnte es nicht weglegen.«

»An den Haaren herbeigezogen!«, prustete Eimermacher.

»Nummer zwei: Siffkes *Lange Weile.* Gloreich lobte es überschwänglich und behauptete, das Buch regelrecht verschlungen zu haben.«

Eimermacher grinste wie jemand, dem seine Häme allmählich vergeht. »Der Mörder hat Siffke sein Werk seitenweise in den Rachen gestopft. Kann Zufall sein.«

»Aber nicht, wenn Sie erfahren, was Gloreich über La Roche gesagt hat.«

»Lassen Sie mich raten, Gauck: ein Buch, über das sich so mancher entrüsten mag, aber das einen nicht kaltlässt. So in der Art?«

»Genau in der.«

An diesem Tag änderte Eimermacher seine Meinung über Gauck. Der Smartphone-Mann hatte wohl doch etwas auf dem Kasten.

Schon bald lernten die Kommissare den berühmten TV-Kritiker persönlich kennen. Gloreich zeigte sich außerordentlich betroffen.

»Drei Menschen sind tot«, murmelte er immer wieder. »Und ich habe sie vielleicht auf dem Gewissen.« Er empfing die beiden Kripobeamten auf seiner Terrasse. Elaine, seine Lebensgefährtin, versorgte alle mit Kaffee.

Eimermacher fand die Frau sehr nett. »Sie haben sie nicht auf dem Gewissen«, sagte er dem Kritiker. »Irgendein Verrückter geht da draußen um, den es antörnt, Schriftsteller umzubringen. Der Kerl ist nur zufällig einer Ihrer Zuschauer.«

»Vielleicht«, schlug Gauck vor, »sollten Sie künftig darauf achten, bei Ihren Belobigungen Formulierungen zu vermeiden, durch die Autoren zu Schaden kommen könnten.«

Gloreich erwiderte, dass er die Polizei bestmöglich unterstützen wolle und den Vorschlag selbstverständlich gern aufgreifen werde.

Aber bereits Formuliertes ließ sich nicht mehr zurücknehmen. So kam es, dass das ›Tier‹ wieder zuschlug. Das Opfer nun: Anna Nass, eine bekannte Literaturwissenschaftlerin, die zuletzt vorgelegt hatte: *Der Glöckner von Rotterdam* – ein Mittelalterroman. »Eine Spannung, die einem den Atem raubt« – das waren Gloreichs Worte in der letzten Folge von *Frisch eingeschweißt* gewesen. Auch eine nachträgliche Entschuldigung seinerseits konnte nicht verhindern, dass man die arme Nass erwürgt auffand.

Dieser Mord schien der berühmte eine Mord zu viel gewesen zu sein. In den Talkshows wurde unverhohlen darüber nachgedacht, todbringende Literatursendungen à la *Eingeschweißt* zu verbieten. Bestsellerautoren wagten sich nicht mehr in Fernsehstudios, und wenn sie es doch taten, behaupteten sie steif und fest, dass bei ihren Büchern von Bestseller keine Rede sein könne – die Auflage läge stabil im dreistelligen Bereich –, oder verbaten sich jedwede Belobigung. Angeblich zahlte man hohe Summen für die Abstiegsplätze der Bestsellerliste.

Hauptkommissar Gauck von der *Soko Autorenkiller* bestand darauf, den Top-Ten-Autoren Polizeischutz anzubieten, während Eimermacher eine andere Spur verfolgte. Bisher konnte er nicht genau sagen, wohin sie ihn führen würde. Es war das viel beschworene Bauchgefühl des Kriminalisten: Eimermacher stattete Elaine einen weiteren Besuch ab.

Immer noch fand er sie sehr nett. Elaine war selbst Autorin, für Bestsellerautoren hatte sie jedoch nur Verachtung übrig.

»Ich schreibe ausschließlich, was aus meiner Seele kommt, nicht diesen oberflächlichen Kram, den die breite Masse kauft.« Trotzdem hatte es die junge Frau auch schon einmal mit einem erotischen Feuchtigkeitsroman probiert, für dieses Projekt allerdings keinen Verleger gefunden.

Eimermacher besuchte sie in den nächsten Tagen noch ein oder zwei Mal, sie sprachen über das, was aus Elaines Seele kam, und immer weniger ließ sich das, was den Ermittler zu den Besuchen veranlasste, kriminalistisches Bauchgefühl nennen.

Weitere zwei Wochen vergingen, kein Mord geschah.

»Gloreich hält sich weiterhin zurück«, meinte Gauck. »Wenigstens sind so keine Opfer mehr zu beklagen.«

»Aber so kriegen wir den Kerl nie«, meinte Eimermacher.

Und dann – als habe der Verrückte diesen Einwand gehört – starb Reinhold Liebermann, Autor des viel diskutierten Buches *Memoiren eines Kängurus*. Ein Autounfall, Liebermann war auf einer Bergstraße in der Eifel auf dem Weg nach Euskirchen gewesen. Während der Fahrt hatte sich ein Rad gelöst, der Wagen war außer Kontrolle geraten und einen Abhang hinuntergestürzt.

»Ein tragischer Unfall«, meinte Eimermacher. »Hat mit unserer Serie aber nichts zu tun.«

Gauck wusste es besser. »›Die *Memoiren eines Kängurus* – ein Buch, das uns ratlos zurücklässt.‹ Das waren letzte Woche Gloreichs Worte.«

»Er verhält sich sehr verantwortungsbewusst.«

»Finden Sie? Gloreich sagte: ratlos zurück.«

»Na und?«

»Das Rad hat sich gelöst.«

»Jetzt hören Sie aber auf!«

Da waren sie also wieder. Es war zum Verrücktwerden. Der Mörder trieb ein teuflisches Spiel mit der Kripo.

Frustriert suchte Eimermacher am Abend Elaine auf. Gloreich hatte wie so oft noch einen Pressetermin. Als Elaine auf sein Klingeln nicht öffnete, nahm der Hauptkommissar den Weg durch den Garten. Und da sah er sie: Elaine, wie sie es mit Roger trieb, einem seltsamen Kerl mit Mundgeruch und Brille, Initiator einer Literaturwerkstatt. Eine Weile sah Eimermacher den beiden zu, wie sie sich schwitzend und stöhnend im Gras wälzten. Und diese Frau beherrschte seit Tagen seine Träume! Eimermacher konnte es nicht glauben und trat den Rückzug an.

Das Pärchen in flagranti zu erwischen, war ein Schock, aber ein heilsamer. Eimermacher dachte wieder wie ein Bulle. Zum Beispiel, dass Elaine eine tolle Frau sein mochte, aber vor allen Dingen eine Verdächtige war.

Und so beschloss er, den Kritiker über die Machenschaften seiner Lebensgefährtin aufzuklären. Gloreich bot ihm einen grünen Tee an.

»Elaine. Das ist ja unfassbar.«

»Aber es macht Sinn«, sagte Eimermacher. »Sie ist selbst Autorin, allerdings mit sehr bescheidenem Erfolg. Deshalb hasst sie all die, die es geschafft haben. Nennen Sie es einen Rachefeldzug gegen die Erfolgreichen.«

Gloreich nickte nachdenklich. »Außerdem kennt sie meine Metaphorik besser als jeder andere. – Noch eine Tasse Tee?«

Als der Kommissar wieder zu sich kam, saß er immer noch auf dem Stuhl. Anders als vor seinem Nickerchen war er aber jetzt daran gefesselt.

»Ich habe mir erlaubt, dem Tee ein Schlafmittel beizumischen«, erklärte der Kritiker. »Nur damit Sie so lange bleiben, bis Sie meine Beweggründe nachvollziehen können.«

»Also bitte«, sagte Eimermacher wohl oder übel.

Gloreich begann, auf und ab zu gehen, als wollte er weiter

ausholen. »Die Menschen heutzutage haben keinen Sinn mehr für die Schönheit des Wortes. Für seine Wirkkraft. Die Leser nicht und die Schreiber schon gar nicht. Sie haben keinen Blick für die Bilder, die das künstlerische Wort im Kopf erzeugt.«

»Ich schon«, widersprach der Kommissar.

»Ob eine Geschichte Sie sprachlos gemacht oder Ihnen den Atem geraubt hat, wen interessiert das? Hauptsache, die Leute kaufen die Bücher. Ob sie sie lesen oder ihre wackeligen Möbel damit abstützen – scheißegal! Aber da mache ich nicht mit.«

»Ich auch nicht«, sagte Eimermacher, aber das schien Gloreich nicht zu hören.

»Das künstlerische Wort ist einfallsreich, Herr Kommissar. Wenn es nicht mehr in den Köpfen lebt, dann findet es eben einen anderen Ort. Verstehen Sie, warum ich handelte, wie ich handeln musste?«

»Sie meinen, Sie haben diese Menschen umgebracht, um …«

»Das Wort ist heilig, Herr Kommissar. Ich bin ein Priester des Wortes. Und meine Tat ist es ebenso.«

»Sie sind verrückt. Ein verrückter Kritiker!«

»Pech für Sie, Herr Kommissar. Denn Sie sind noch schlimmer als diese Schreiberlinge. Sie wagen es, hinter meinem Rücken meine Geliebte flachzulegen. Und Sie denken sich: Wen stört's? Der Kerl ist doch nur ein verschissener Kritiker.«

»Nein, das habe ich nie gedacht, ich schwöre. Und ich habe auch nicht das Geringste mit Elaine …«

»Ach nein, haben Sie also nicht!«

»Fragen Sie sie doch. Der Kerl heißt Roger und leitet eine Literaturwerkstatt!«

»Schöner Versuch, Herr Kommissar. Aber eine schwache Idee.«

»Meinerseits war es nur eine Schwärmerei.«

Gloreich begab sich hinter Eimermachers Stuhl. »Eine Schwärmerei? Was genau meinen Sie damit?«

»Nichts Besonderes. Nur dass ich …«

»Geben Sie sich Mühe, Eimermacher. Sie wissen, ich bin ein Mann des Wortes. Enttäuschen Sie mich nicht.«

»Also gut.«

»Was habe ich mir vorzustellen, Eimermacher? Machen Sie schon, geben Sie mir ein Bild.«

»Ich bemühe mich ja …« Der Hauptkommissar suchte nach einer Formulierung, die möglichst unverfänglich war. »Sagen wir, Elaine hat mir nur ein wenig den Kopf verdreht.«

»Exzellent, Herr Kommissar! Gratuliere, Sie haben in der Tat das Zeug zum Literaten.«

Eimermacher spürte noch, wie der Mann hinter ihm seinen Kopf in beide Hände nahm. Das scheußliche Knacken hörte er nicht mehr.

Deutschlands älteste Buchhandlung wurde 1531 gegründet, heißt *Korn & Berg* und befindet sich in Nürnberg.

*Petra Würth*

# Der Mann im Schatten

Maya lief die Treppe der U-Bahn-Station hoch. Oben angekommen, zog sie die schwarze Bikerjacke vor ihrer Brust zusammen. Es war dunkel und eiskalt. Der Wind zerrte an ihrer Kleidung und an ihren langen braunen Haaren. Die kleinen Ladengeschäfte entlang der schmalen Straße waren schon geschlossen. Niemand war mehr unterwegs.

Erste Regentropfen zerplatzten auf dem Asphalt. Maya hoffte, die Wohnung ihrer Freundin Helene zu erreichen, ohne komplett durchnässt zu werden. Doch der Wind wurde immer böiger und der Regen nahm stetig zu. Sie begann zu laufen. Grelle Blitze zuckten über den Himmel, fast unmittelbar gefolgt von einem infernalischen Donner. Die elektrischen Entladungen schienen direkt vor ihr in die nasse Straße einzuschlagen. Maya war kein ängstlicher Mensch, aber so ein Gewitter hatte sie noch nie erlebt. Sie wollte nur noch eines, weg von der Straße.

Nicht weit entfernt entdeckte sie einen Lichtstreifen, der aus einem der Häuser auf die Straße fiel. Vielleicht konnte sie dort Unterschlupf finden. Beim Näherkommen sah sie, dass es sich um einen kleinen Buchladen handelte. Als sie eintrat, erklang im hinteren Teil des Geschäfts eine Glocke. Maya wischte sich den Regen aus dem Gesicht und blickte sich neugierig um. Sie stand in einem Raum, der aussah, als wäre er aus der Zeit der vorletzten Jahrhundertwende übrig geblieben. Halbhohe dunkle Holzverschalungen an den Wänden, verstaubte Jugendstillampen, eine Leseecke mit alten Plüschsesseln, die um einen Nierentisch gruppiert waren, und selbstverständlich überall Bücher – auf dem Verkaufstresen, in den offenen Schränken und zum Teil auch einfach auf dem Boden gestapelt.

»Kann ich Ihnen helfen?«

Ein kleiner, rundlicher Mann mit Nickelbrille und braunen, akkurat gescheitelten Haaren löste sich aus dem Halbschatten der Regale.

»Ich wollte mich nur kurz unterstellen«, sagte Maya und zog sich die Mütze vom Kopf. »Da draußen ist die Hölle los, der Sturm wird immer schlimmer.«

Der Mann nickte und musterte sie mit einer Eindringlichkeit, die ihr ein bisschen unangenehm war.

»Ich bin ja häufiger in der Gegend, aber Ihr Laden ist mir noch nie aufgefallen.«

»Das wundert mich nicht.«

Verdutzt sah sie ihn an.

»Mein Laden ist nur für die Menschen sichtbar, für die es hier auch ein Buch gibt.«

»Ach so«, sagte Maya und wusste nicht so recht, was sie mit dieser Erklärung anfangen sollte.

»Geht es Ihnen gut?«, fragte der Buchhändler unvermittelt.

»Ja klar«, antwortete Maya, obwohl das definitiv nicht der Fall war.

Es ging ihr nicht gut. Sie war auf dem Weg zu Helene, weil sie sich zu zweit einen gemütlichen Abend machen wollten. In Wirklichkeit aber wollte Maya der Einsamkeit entfliehen. Der Einsamkeit ihrer Wohnung, die zu leer war. Viel zu leer, so ohne Jan und ohne seine Sachen.

Der Buchhändler bot ihr einen Platz auf einem der altmodischen Sessel und dazu eine Tasse Tee an. Was Maya gerne annahm.

Als sie sich kurz darauf gegenübersaßen und Maya an einem wunderbar duftenden grünen Darjeeling nippte, beobachtete er sie wieder mit diesem forschenden Blick.

»Sie wirken ein wenig melancholisch«, sagte er. »Kann es sein, dass Sie eine Trennung hinter sich haben? Eine unschöne?«

»Sieht man mir das so deutlich an?«

»Nein, machen Sie sich keine Sorgen. Das bemerke nur ich. Ich hab ein Gespür für die Menschen, die zu mir in den Laden kommen.«

»Nun, Sie könnten recht haben.« Maya stellte ihre Tasse zurück auf den Tisch. »Mir geht es wirklich nicht so besonders.«

Der Buchhändler nickte, nahm seine Brille ab und putzte die Gläser sorgfältig mit einem weißen Stofftaschentuch. »Ein schönes Buch, also das für Sie genau richtige Buch, würde Ihnen auf jeden Fall helfen«, sagte er und setzte die Brille wieder auf. »Es würde Sie ablenken und aufheitern. Es würde Ihnen den Weg nach draußen, hinaus aus der Traurigkeit weisen.«

Ein gutes Buch ist keine schlechte Idee, fand Maya. Vor ihr lag eine lange Woche. Sieben einsame Tage, die sie eigentlich mit Jan in Spanien hatte verbringen wollen. Aber jetzt flog Jan mit einer Kollegin nach Andalusien. Einer Frau, mit der er schon seit einem halben Jahr ein Verhältnis hatte.

Der Ladenbesitzer stand auf. »Soll ich mal schauen, ob ich etwas für Sie habe?«

»Aber keinen Liebesroman. Das halte ich im Moment nicht aus.«

Er schüttelte den Kopf. »Nein, das ist mir schon klar. Wissen Sie, wenn ich etwas kann, dann die passende Lektüre für meine Kunden auswählen. Sie werden schon sehen, das

Buch wird Sie in den nächsten Tagen so in Atem halten, dass Sie Ihren Kummer vergessen werden.«

Maya konnte das zwar nicht so ganz glauben, ließ den Mann aber gerne gewähren. Es dauerte eine Weile, bis er wieder zwischen den Regalen auftauchte. Doch er kam mit leeren Händen.

»Keine Sorge«, beruhigte er sie. »Ich weiß jetzt, welches Buch das richtige für Sie ist: *Der Mann im Schatten.* Eine wunderbare Detektivgeschichte. Aber im Moment habe ich es nicht vorrätig. Wenn Sie mir Ihren Namen und Ihre Adresse hierlassen, bestelle ich Ihnen den Roman und Sie können ihn morgen abholen.«

Maya war enttäuscht. Es passte ihr nicht, dass sie noch einmal herkommen sollte. Andererseits war sie aber auch neugierig.

Sie schob dem Buchhändler ihre Visitenkarte über den Tisch und schenkte sich Tee nach.

Am nächsten Tag machte sich Maya während ihrer Mittagspause auf den Weg zur Buchhandlung. Ihr blieb nicht viel Zeit und so kam sie völlig abgehetzt und außer Atem vor dem Laden an. Beim Blick durch eines der Schaufenster stellte sie erstaunt fest, dass der Verkaufsraum verwaist im Dunkeln lag. Die Eingangstür war abgesperrt.

Maya klopfte gegen das Glasfenster. »Hallo«, rief sie. Erst leise, dann lauter. Dann noch lauter. Es passierte nichts. Sie wartete und versuchte es erneut. Immer noch rührte sich nichts. Sie wollte schon gehen, als auf einmal eine alte Dame hinter der Tür auftauchte. Der Typ ›Nette Oma‹ mit hochtoupierten weißen Haaren und Perlenkette.

»Wir haben schon geschlossen …«

»Ich brauche nur ein Buch«, rief Maya. »Ich soll es heute abholen.«

»Ich bin die Putzfrau, ich kann Ihnen nicht helfen.«

»Ist der Buchhändler nicht da?«

Mittlerweile blieben die ersten Passanten neugierig stehen.

Die Tür ging auf und die Frau zog Maya in den Laden. »Seien Sie doch bitte nicht so laut. Die Leute gucken ja schon.«

»Der Buchhändler wollte ein Buch für mich bestellen«, erklärte Maya.

»Es tut mir leid, aber Herr Bender ist schon gegangen. Kommen Sie doch morgen wieder.« Nervös zupfte die alte Dame an ihrer Perlenkette.

»Liegt nicht irgendwo ein Päckchen für mich herum? Irgendetwas muss doch da sein«, insistierte Maya.

»Nein, hier ist nichts. Sie sollten jetzt wirklich gehen!«

Doch Maya ließ sich nicht entmutigen. Suchend lief sie durch den Raum, kontrollierte alle am Boden gestapelten Bücher sowie diejenigen, die auf den Tischen lagen, dann trat sie hinter den Verkaufstresen und schob die dort deponierten Papiere zur Seite.

»Ich hab was!«, rief sie. Neben der Kasse hatte sie ein Buch entdeckt, auf dem ihre Visitenkarte lag. *»Der Mann im Schatten. Ein Detektivroman«*, las sie laut vor. »Das ist es.«

Die Frau nahm ihr die Visitenkarte aus der Hand. »Sie sind Maya Hofer?«

Maya nickte.

»Gut. Dann nehmen Sie das Buch gerne mit.«

»Ich muss aber noch bezahlen!«

»Die Kasse ist zu. Ich weiß jetzt auch nicht …«

»Dann komme ich morgen wieder, um die Rechnung zu begleichen«, schlug Maya vor.

»Ja, das ist doch gut. Zur Not habe ich ja Ihre Adresse«, sagte die alte Dame und steckte Mayas Visitenkarte, die sie immer noch in der Hand hielt, in ihre Hosentasche.

Noch am gleichen Abend begann Maya mit der Lektüre. Doch nach den ersten Kapiteln war sie sehr unsicher, ob der Krimi wirklich eine gute Wahl war. Der Protagonist, ein Privatdetektiv namens Mark Soderboom, schien ihr nicht sonderlich sympathisch zu sein. Ein gut aussehender Einzelgänger, der über eine geniale Kombinationsgabe und einen überaus scharfen Verstand verfügte, in Mayas Augen aber ein bisschen arg chauvinistisch und arrogant auftrat. Ein Mann, der Frauen nicht für voll nahm, sie aber reihenweise bezirzte und abschleppte. Maya hatte den Verdacht, dass der Autor eine Figur erfunden hatte, wie er selbst gerne wäre, so souverän, so unverschämt und so erfolgreich bei Frauen.

Um Mitternacht machte Maya das Licht aus und schlief sofort ein. Drei Stunden später schreckte sie hoch. Sie lauschte, doch alles war still. Verschlafen tappte sie durch ihre Wohnung, ging ins Bad, benutzte die Toilette, wobei sie die Tür offen ließ, und lief dann zurück zu ihrem Bett.

Zwei Minuten später saß sie wieder aufrecht zwischen ihren Kissen. Das war kein Traum gewesen, das war real. Was sie gerade gesehen hatte, war absolut und völlig real.

Sie sprang auf, rannte ins Wohnzimmer und machte das Licht an. In ihrem bunt geblümten Lieblingssessel saß ein Mann. Maya hastete in ihre zum Wohnzimmer hin offene Küche und riss ein großes Brotmesser aus dem Holzblock neben der Spüle. Mit der Waffe in der Hand drehte sie sich zu dem Fremden um.

»Raus!«, schrie sie.

Der Mann, dessen Gesicht im Halbschatten lag, lächelte unbeeindruckt. »Ich brauche ungefähr fünf Sekunden, um Ihnen das Messer abzunehmen. Also stecken Sie es ruhig wieder zurück, bevor Sie sich damit verletzen.«

»Was wollen Sie hier?«

»Die richtige Frage ist: Was wollen Sie?«

»Ich will, dass Sie verschwinden. Und zwar sofort!«

»Das kann ich nicht. Sie brauchen mich.«

Maya blieb mit dem Messer in der Hand stehen und starrte den Eindringling an. »Wozu sollte ich Sie brauchen?«

»Ich kann Ihnen helfen. Mein Name ist Mark Soderboom.«

Maya brauchte einen Moment, bevor sie begriff, woher sie den Namen kannte. »Mark Soderboom«, wiederholte sie langsam. »Wie in dem Buch?«

»Genau. Ich bin Privatdetektiv ...«

»Und ein ziemlicher Idiot«, rutschte es Maya heraus.

Der Detektiv zog die Augenbrauen überrascht hoch. »Das wollen Sie schon nach drei Kapiteln beurteilen ...«

»Sind Sie der Autor?«, fragte sie, einer plötzlichen, wie ihr schien völlig einleuchtenden, Eingebung folgend.

»Nicht wirklich. Ich komme aus dem Krimi, den Sie heute Mittag gekauft haben. Ich bin die Hauptperson«, sagte er selbstgefällig.

»Dann sind Sie ein Geist? Die Ausgeburt meiner Fantasie?«

»So etwas in der Art.« Er musterte Maya von Kopf bis Fuß. »Wie heißen Sie eigentlich?«

»Maya.«

»Wie die Biene?«

Maya rollte mit den Augen.

»Ups«, sagte Soderboom. »Den Spruch haben Sie wohl schon mal gehört. Sorry.«

Maya legte das Messer beiseite. »Ich träume«, sagte sie leise. »Das ist alles nicht wahr. Ich wache gleich auf und muss aufs Klo ...«

»Und dort sollten Sie das nächste Mal die Tür hinter sich schließen.«

Maya warf ihrem ungebetenen Gast einen ärgerlichen Blick zu, ließ seine Bemerkung aber unkommentiert.

»Wenn ich Sie anfasse, werde ich feststellen, dass es Sie nicht gibt«, versuchte sie, sich zu beruhigen.

Soderboom stand auf. »Wenn Sie mich anfassen, werden Sie feststellen, dass es ausgesprochen schön ist, mich anzufassen.« Sein Grinsen wurde noch breiter und seine Augen blitzten auf. Jetzt, wo er mitten im Raum stand, konnte sie sein Gesicht deutlich erkennen. Er war definitiv so attraktiv wie im Buch beschrieben.

»Und das kommt wirklich an, bei Frauen? Diese Sprüche?«

»Ich kann mich nicht beschweren.«

Maya schüttelte den Kopf. Sie verstand ihre Geschlechtsgenossinnen nicht. Wie konnten sie einen solchen Ausbund an männlicher Überheblichkeit nur gut finden?

»Wie werde ich Sie wieder los?«, fragte Maya und sah für einen Moment so etwas wie Unsicherheit in seinen Augen. Es gab also eine Möglichkeit, ihn loszuwerden. Sofort arbeitete ihr Gehirn auf Hochtouren. Musste sie etwas Bestimmtes machen oder sagen oder denken, damit er verschwand? Musste sie sich vielleicht einfach nur vorstellen, er würde verschwinden? Die Augen schließen und Simsalabim rufen? Oder wie die bezaubernde Jeannie die Arme verschränken und mit den Wimpern klimpern?

Sie probierte alles aus, was ihr in den Sinn kam. Aber nichts half. Er war da und er blieb da. Ihre Bemühungen, ihn los zu werden, schienen ihn – im Gegenteil – zu amüsieren.

Doch plötzlich schoss Maya ein neuer Gedanke durch den Kopf. Sie rannte in ihr Schlafzimmer und sah, was sie vermutet hatte. Das Buch lag offen auf ihrem Nachtschrank.

Schon stand Soderboom neben ihr. »Bitte nicht«, sagte er eindringlich. »Sie brauchen mich. Ist Ihnen denn nicht aufgefallen, dass mit der alten Dame in diesem Buchladen etwas nicht gestimmt hat? Die Frisur, der Schmuck, das war doch keine Putzfrau …«

Weiter kam er nicht. Maya klappte das Buch zu und er war verschwunden.

Nach einer sehr unruhigen Nacht, in der Maya wenig und schlecht geschlafen hatte, kroch sie morgens völlig gerädert aus dem Bett. Wie hatte sie nur einen solchen Mist träumen können? Fiktive Figuren, die auf einmal lebendig wurden. So etwas gab es doch nur in Kinderbüchern. Sie streckte sich ausgiebig und versuchte, die Eindrücke der letzten Nacht abzuschütteln, als ihr Blick auf das Buch fiel. Sie musste es zurückbringen. Geld dafür ausgeben würde sie ganz bestimmt nicht. Die Geschichte hatte eine etwas zu anregende Wirkung auf ihre Fantasie. Und der Typ, dieser Detektiv, der ging gar nicht. Den wollte sie nicht in ihrem Leben. Weder real noch fiktiv.

Sie lief ins Bad, duschte und zog sich an. Dann holte sie die Zeitung herein, die vor ihrer Tür auf der Fußmatte lag, und setzte sich an den Küchentisch. Auf Seite drei stieß sie auf ein Foto, das sie erschrocken zusammenzucken ließ. Auf dem Bild war die Außenansicht der Buchhandlung zu sehen, in der sie gestern den Krimi abgeholt hatte.

*Buchhändler nach Überfall schwer verletzt,* stand in großen schwarzen Lettern über dem Artikel. Der Besitzer des Ladens sei am gestrigen Tag überfallen worden. Die Täter hätten ihn gezwungen, die Zahlenkombination seines Safes zu verraten, und ein paar wertvolle Bücher, alles Erstausgaben, mitgenommen. Beim Verlassen des Ladens hätten sie den Inhaber des Geschäfts niedergeschlagen und ihn so schwer verletzt, dass er jetzt im Koma liege.

Maya ließ die Zeitung sinken. Verdammt, dachte sie, hatte Soderboom, ihr fiktiver Detektiv, etwa recht gehabt? War das gar keine Putzfrau gewesen, diese ältere Dame, mit der sie gesprochen hatte? Gehörte sie zu den Dieben? Oder war sie nur zufällig in den Schlamassel geraten und jetzt vielleicht in Gefahr? Womöglich war sie von den Tätern entführt worden?

Maya musste mit der Polizei reden. Sofort.

Doch dazu kam sie nicht mehr. Es klingelte. Sie öffnete die Tür und stand vor der Frau mit der weißen Hochsteckfrisur. Nur dass sie jetzt einen Revolver in der Hand hielt.

Erschrocken machte Maya einen Schritt zurück, was ihre Besucherin dazu nutzte, die Wohnung zu betreten und die Tür hinter sich zu schließen.

»Tut mir leid«, sagte sie, »aber Sie waren im falschen Moment am falschen Ort.«

Maya wich noch weiter zurück und stand nun mit dem Rücken zum Fenster. »Sie wollen mich doch nicht allen Ernstes erschießen?«

»Sorry, aber mein Sohn hat Herrn Bender so schwer verletzt, dass er sterben könnte. Da können wir keine Zeugen gebrauchen.«

»Das glaube ich Ihnen nicht«, sagte Maya. »Sie schießen nicht.« Sicher war sie sich aber nicht. Die Frau sah irgendwie anders aus als am Tag zuvor. Aus der netten Oma war eine herrische Alte geworden mit einer unangenehm aggressiven Ausstrahlung und Augen, so hart und kalt wie Kieselsteine.

Die Frau nahm die zweite Hand zu Hilfe und zielte beidhändig auf Mayas Oberkörper. »Seien Sie so nett und gehen Sie vom Fenster weg!«

Maya rührte sich nicht. Fieberhaft dachte sie über eine Lösung nach. Wie konnte sie nur entkommen? Wo war ihr Handy? Wo war Hilfe? Und dann fiel es ihr ein: Im Schlafzimmer war Hilfe!

»Sie haben keinen Schalldämpfer«, sagte Maya. »Wenn Sie abdrücken, ist das im ganzen Haus zu hören, dann kommen Sie hier nicht mehr raus.«

Die Weißhaarige lächelte kühl. »Ich werde behaupten, ich sei Ihre Tante und der Täter sei über den Balkon geflohen. Oder ich marschiere einfach hinaus. Eine alte Frau wie mich beachtet ohnehin niemand. Wissen Sie, in meinem Alter ist man unsichtbar. Das ist manchmal ganz schön praktisch.«

Das war nicht die Reaktion, auf die Maya gehofft hatte.

»Im Schlafzimmer habe ich ein Kissen. Wenn Sie das benutzen, wird der Knall nicht so laut … «

Der Vorschlag stieß auf wenig Gegenliebe. »Sie bleiben hier!«, raunzte die Alte sie an.

Doch Maya rannte los, stürmte in ihr Schlafzimmer und griff gerade nach dem Buch, als die erste Kugel neben ihr in der Wand einschlug. Sie ließ sich fallen und rollte sich unter ihr Bett. Kaum hatte sie den Roman aufgeklappt, lag Soderboom neben ihr.

»Interessant«, sagte er. »Was machen wir unter dem Bett? Auf dem Bett ist es doch viel netter.«

»Die Putzfrau aus dem Buchladen ist hier und will mich erschießen.«

Soderboom grinste. »Bei Ihnen ist ja echt was los.«

»Helfen Sie mir«, flüsterte Maya völlig panisch.

»Die Ausgangssituation ist nicht die beste«, meinte er. »Aber sehen wir mal.« Dann war er verschwunden.

Nach einer gefühlten Ewigkeit hörte sie erneut Soderbooms Stimme. »Sie können rauskommen.«

Als sie unter ihrem Bett hervorgekrochen kam, saß die Angreiferin entwaffnet und gefesselt auf einem Stuhl im Wohnzimmer. Soderboom stand mit erhitztem Gesicht und einem strahlenden Lächeln neben ihr, strich sich eine Haarsträhne aus dem Gesicht und musterte Maya.

»Ich habe Ihnen gerade das Leben gerettet«, verkündete er und schoss feurige Blicke auf sie ab.

Zwei Wochen später wachte Herr Bender aus dem Koma auf. Nach drei weiteren Wochen konnte er endlich Besuch empfangen. Die Ärzte hielten seine Genesung für ein kleines Wunder. Von einer sporadisch auftretenden Migräne abgesehen, war er wieder komplett hergestellt. Sogar sein Gedächtnis hatte sich zurückgemeldet, sodass er die alte Dame und ihren Sohn bei einer Gegenüberstellung identifizieren konnte. Beide saßen in Untersuchungshaft.

Maya hatte dem Buchhändler die wahre Geschichte erzählt, nicht die, die sie der Polizei aufgetischt hatte und in der es keine fiktiven Detektive gab, die alte bewaffnete Frauen in wenigen Sekunden überwältigten. Herr Bender war nicht überrascht. Er wusste um die besondere Magie seiner Bücher.

Überrascht war er allerdings, als Maya ankündigte, das Buch zurückbringen zu wollen.

»Sie möchten es wirklich nicht behalten?«, fragte er erstaunt. »Ich habe es doch extra für Sie ausgesucht.«

»Nein, danke. Ich glaube, das ist nichts für mich.«

»Ich habe dieses Buch nicht ohne Grund gewählt«, erwiderte er. »Ich wollte, dass Sie genau diesen Roman lesen. Mit diesem Ermittler … Weil ich finde, dass Soderboom ganz gut zu Ihnen passt. Wenn Sie mir diese Bemerkung erlauben.«

»Der passt gar nicht!«, wurde Maya heftig. »Ich steh nicht auf solche Typen. Mit denen hat man nur Ärger!«

»Aber auch jede Menge Spaß«, antwortete Herr Bender und lächelte sanft.

Doch Maya blieb dabei. Sie wollte das Buch zurückbringen. Ihr war das Phänomen lebendig werdender Buchfiguren nicht geheuer. Genauso wenig wie ihr das Phänomen unverschämt gut aussehender Männer geheuer war.

Als sie weitere zwei Wochen später im Krankenhaus anrief, erfuhr sie, dass Herr Bender entlassen worden war. Sie machte sich auf den Weg.

Das Buch in der Hand, lief sie die Treppe der U-Bahn-Station hoch. Die Straße schien irgendwie anders auszusehen. Weniger schmal, die Häuser nicht ganz so alt und idyllisch. Die Atmosphäre hatte sich verändert, alles schien ihr lauter und umtriebiger zu sein. Und dann fand sie die Buchhandlung nicht mehr. Sie lief die gesamte Straße zwei Mal in beiden Richtungen ab und konnte den Laden nicht entdecken. Auf ihre Nachfrage in mehreren Geschäften bekam sie die immer gleiche Antwort: »In dieser Straße hat es noch nie einen Buchladen gegeben. Nicht in den letzten dreißig Jahren.«

Verwirrt und enttäuscht stand sie auf dem Bürgersteig und begriff nicht, was da gerade passierte. Doch dann fiel ihr ein, dass Herr Bender gesagt hatte, nur diejenigen könnten den Laden finden, für die es dort ein Buch gab. Vielleicht stimmte das ja. Und zwar im wortwörtlichen Sinn. Sie hatte ihr Buch ja schon bekommen und jetzt war das Geschäft für sie unsichtbar.

Nachdenklich betrachtete sie den Roman in ihrer Hand: *Der Mann im Schatten.* Mark Soderboom würde also bei ihr bleiben. In ihrem Bücherregal oder in ihrem Leben. Das würde sich zeigen.

**RANDNOTIZ**

Schon seit 1961 werden in der Zeitschrift
›Der Spiegel‹ Bestsellerlisten veröffentlicht.

*Theo Pointner*

# Ausgelesen

»Vielen Dank, dass Sie so schnell gekommen sind. Ich war schon froh, Sie überhaupt um diese späte Uhrzeit zu erreichen.«

»Aber ich bitte Sie, Herr Wygotzki. Ich bin Anwalt geworden, um meinen Klienten zu helfen. Egal, wie spät es ist.«

»Dennoch, immerhin kannten wir uns persönlich bisher ja gar nicht.«

»Keine Ursache. Ein Mandat von einer derart bekannten, ja, ich möchte fast sagen, berühmten Persönlichkeit erhält man nicht alle Tage.«

»Nicht doch.«

»Das ist keine Übertreibung. Ich war sehr überrascht, plötzlich Wolf Wygotzki, den Bestsellerautor, leibhaftig am Telefon zu haben. Den Verfasser von *Schatten der Zukunft* oder *Bleib, auch wenn ich komme.* Meine Frau vergöttert Sie, müssen Sie wissen.«

»Vielen Dank, ein solcher Zuspruch tut gut, vor allem in einer Situation wie dieser.«

»Ja, so eine Situation. Bisher habe ich nur sehr rudimentäre Informationen, was genau vorgefallen ist. Doch nach meinem Wissensstand befinden Sie sich tatsächlich in einer prekären Lage.«

»Wieso? Haben Sie etwas gehört, wie es der Frau geht?«

»Nicht direkt. Die Polizeibeamten haben mir immerhin erzählt, dass sie zurzeit operiert wird. Allerdings ist die Prognose der Ärzte sehr pessimistisch. Es ist kaum damit zu rechnen, dass die Frau überleben wird.«

»Schrecklich, einfach ganz schrecklich, was da passiert ist. Aber das Ganze ist natürlich nicht meine Schuld!«

»So? Wessen Schuld denn?«

»Natürlich die meines Verlages. Und meines Agenten. Die hatten doch diese Idee. Für diese unsägliche Veranstaltung.«

»Entschuldigung, ich kann Ihnen nicht ganz folgen.«

»Nein, natürlich nicht, verzeihen Sie bitte. Wo soll ich anfangen mit meinem Bericht?«

»Am besten an einem Punkt, an dem sichergestellt ist, dass ich Ihnen folgen kann.«

»Sicher, sicher. Wissen Sie, vor mehreren Monaten trat mein Verlag mit der Idee an mich heran, anlässlich des Erscheinens des neuen Buches eine Art Gewinnspiel zu veranstalten. Zu gewinnen waren signierte Exemplare des neuen Romans, Hauptpreis war eine Lesung für karitative Zwecke. Zunächst war ich von der Idee sehr angetan, so etwas macht sich in der Presse sehr gut.«

»Sie sagen, Sie waren zunächst sehr angetan. Was hat Ihre Meinung geändert?«

»Eigentlich erst der heutige Abend.«

»Das verstehe ich nicht.«

»Ach, das ist im Prinzip ganz einfach. Ich habe mich nicht mehr um den Ablauf des Gewinnspiels gekümmert, für so etwas habe ich keine Zeit. Die Organisation meiner Lesungen obliegt allein dem Verlagsmanagement, das übermittelt mir die Termine, die Veranstaltungsorte, die Informationen über das Hotel und irgendwann natürlich auch die Honorarabrechnung.«

»Dann wissen Sie mitunter gar nicht, vor welchem Publikum Sie abends lesen?«

»Nein. Doch, manchmal schon, wenn es rund um die Lesung noch eine weitere Veranstaltung gibt, wenn ich mich, zum Beispiel, in das goldene Buch einer Stadt eintragen soll et cetera, et cetera. Aber heute Abend wusste ich nicht, mit wem ich es zu tun haben würde.«

»Und was war das Schlimme am heutigen Abend?«

»Der Verein. Der die Lesung gewonnen hat.«

»Soweit ich weiß, handelte es sich doch um das Sozialwerk zur Unterstützung hilfebedürftiger, alleinerziehender Mütter.«

»Eben! Das ist es ja. Ich bin doch pädophob.«

»Pädo...«

»Nein, nicht pädophil. Eher genau das Gegenteil. Ich habe Angst vor Kindern.«

»Angst vor Kindern? Ich habe noch nie gehört, dass es so etwas gibt.«

»Glauben Sie mir, es ist grausam, daran zu leiden. Überall laufen einem ja diese ... Kinder über den Weg, im Hotel, in öffentlichen Verkehrsmitteln, in der Stadt, es gibt keinen Platz, wo man vor ihnen sicher ist. Abgesehen von einigen wenigen Etablissements, zu denen Kinder keinen Zutritt haben.«

»Erstaunlich. Und wie äußert sich das bei Ihnen?«

»Es gibt unterschiedliche Ausprägungen. Sehe ich ein Kind von fern, beschleicht mich ein unbehagliches Gefühl, je näher es kommt, umso sichtbarer und ausgeprägter werden die Symptome. Hautjucken, Schweißausbrüche, es kann sogar zu Übelkeit und Panikattacken führen.«

»Leiden Sie schon immer darunter?«

»Ich denke schon, wobei es im Laufe der Jahre immer schlimmer wurde. Zum ersten Mal richtig auffällig wurde es bei der Taufe meines Neffen. Das war quasi ein traumatisches Erlebnis für mich. Bis dahin hatte ich lediglich ein ungutes Gefühl, ja man kann sagen, eine Aversion gegen Kinder. Mein Bruder hatte mich gebeten, als Taufpate zu fungieren. Ich bin der Bitte nachgekommen, was tut man nicht alles für die Familie. Doch als ich das Kind auf den Arm nahm, wusste ich, dass der Tag nicht gut enden würde. Zur Katastrophe kam es, als sich der Bub im Verlauf der Zeremonie erbrechen musste. Während ich ihn auf dem Arm hielt. Als ich plötzlich die ganze Babykotze – Entschuldigung, mir fällt kein passenderer Ausdruck ein – auf mir sah, schwanden mir die Sinne. Das Zeug war nicht nur auf meinem Anzug verteilt, mein Hemd war ebenfalls völlig besudelt, einen beachtlichen Teil des Magengeschosses hatte ich sogar ins Gesicht bekommen. Instinktiv ließ ich das Bündel los, mein Bruder reagierte zum Glück geistesgegenwärtig und fing das Kind auf. Seitdem ist unser Verhältnis … nun, sagen wir mal, sehr abgekühlt.«

»Wie lange ist das her?«

»Gut zwanzig Jahre.«

»Zwanzig Jahre? Und Sie haben nichts dagegen unternommen?«

»Doch, natürlich. Nach dem Erlebnis bei der Taufe wurde meine Phobie immer schlimmer, mir war klar, dass ich allein nicht mit diesem Problem fertig werden würde. Ich suchte einen Psychotherapeuten auf, der mir allerdings nur eingeschränkt weiterhelfen konnte. Die Ursache meiner Phobie liegt bis heute im Dunkeln, allerdings hat er mir Verhaltensweisen aufgezeigt, die mir in brenzligen Situationen helfen sollen. Meistens funktioniert das auch recht gut.«

»Also haben Sie bereits so etwas wie eine Verhaltenstherapie absolviert?«

»Ja.«

»Das ist gut zu wissen. Sollte es zu einem Prozess kommen – und die Wahrscheinlichkeit schätze ich als sehr hoch ein, ich will Ihnen da keine falschen Hoffnungen machen –, dürfte sich dieser Umstand als sehr nützlich erweisen.«

»Sie meinen in Bezug auf meine Zurechnungsfähigkeit?«

»Nein, nein. Doch dass Sie schon lange Probleme mit Kindern haben und versucht haben, dagegen etwas zu unternehmen, könnte sich auf das Urteil auswirken. Denn bei der Tat hat es sich ja nicht um eine impulsive, spontane Tat gehandelt.«

»Ach so. Nun, das können Sie besser beurteilen als ich.«

»Wie ist es denn nun zu diesem … bedauerlichen Zwischenfall heute Abend gekommen?«

»Nun, ich traf also zur vereinbarten Zeit am Veranstaltungsort ein, auf dem Weg vom Hotel dorthin hatte man mir auch mitgeteilt, für welche Organisation ich heute Abend lesen sollte. Zuvor fand noch eine Pressekonferenz statt, es ist noch nicht oft vorgekommen, dass ein Autor von einiger Bedeutung in diesem kleinen Kaff, Verzeihung, Örtchen gelesen hat. Daher hat es im Vorfeld auch entsprechend viel Reklame für meinen Auftritt gegeben, die Schützenhalle war bis auf den letzten Platz gefüllt, der Büchertisch bereits eine halbe Stunde vor Beginn der Lesung fast leer gekauft. Die Vertreterinnen der sozialen Organisation, die an der Pressekonferenz teilnahmen, waren sehr beflissen, den Abend zu einem gelungenen Event werden zu lassen.«

»Aber was ist dann aus dem Ruder gelaufen?«

»Es begann eigentlich schon, als ich die Bühne in der Schützenhalle betrat. Mir hatte niemand gesagt, dass … dass … dass sich auch Kinder unter den Zuhörern befinden würden!«

»Bei einer Lesung zur Unterstützung hilfebedürftiger Alleinerziehender? Davon wäre ich an Ihrer Stelle ausgegangen.«

»Unfug. Bei einer Benefizveranstaltung zur Bekämpfung der Folgen des Alkoholkonsums erwarten Sie ja auch keine abgefüllten Trinker. Sondern allenfalls Menschen, die ein gutes Werk tun möchten.«

»Da haben Sie auch wieder recht.«

»Jedenfalls war ich wie vor den Kopf geschlagen, als ich die Bühne betrat. Einer der Hauptgründe, warum ich pädophob bin, ist der Geruch.«

»Der Geruch?«

»Ja, der Geruch von Kindern. Von Kleinkindern und Babys. Vor allem von Babys.«

»Es handelt sich doch um eine nicht zu ändernde Tatsache, dass Babys manchmal unangenehm riechen.«

»Ich meine nicht die Düfte, die im Zusammenhang mit diversen Körperausscheidungen stehen – wobei die sicherlich besonders unangenehm sind. Ich nenne es vielmehr den Penatengestank.«

»Was soll denn das sein?«

»Diese olfaktorische Belästigung, die entsteht, wenn überbesorgte Eltern ihre Nachzucht mit schrecklich parfümierten Salben, Ölen oder sonstigen überflüssigen Erzeugnissen einschmieren. Dieser Geruch bewirkt bei mir stets Brechreiz. Und in der ersten Reihe der Schützenhalle saßen bestimmt zehn bis fünfzehn Frauen, die Neugeborene mit sich führten. Können Sie sich die Duftwolke vorstellen, die auf die Bühne schwappte? Widerlich.«

»Sehr bedauerlich für Sie.«

»Ach, damit hätte ich sogar noch umgehen können. Bei einer meiner Recherchen bin ich mit einem engagierten Gerichtsmediziner ins Gespräch gekommen. Von dem habe ich den Tipp erhalten, in derartigen Situationen ein wenig einer stark riechenden, mentholhaltigen Creme direkt unter die Nasenlöcher aufzutragen. Im ersten Moment reizt es zwar die Augen und die Atemwege, aber es ist allemal besser, als diesen Gestank ertragen zu müssen.«

»Wir sind immer noch nicht an des Pudels Kern, weshalb es zu diesem ungeheuren Gewaltexzess Ihrerseits kam.«

»Bitte sagen Sie das nicht so. Da komm ich mir ja vor wie ein Schwerverbrecher.«

»Als einen solchen wird Sie das Gericht auch behandeln. Ihre Phobie hin oder her, trotz psychotherapeutischer Beratung, es ist mehr als unglaubwürdig, dass es erst im Rahmen der heutigen Lesung zu einer solchen Tat kam, nachdem Sie sich zwanzig Jahre lang zu keiner panikartigen Reaktion haben hinreißen lassen!«

»Nun ja ...«

»Was: nun ja?«

»Es hat schon die eine oder andere Sache gegeben. Allerdings ist zum Glück nie etwas an die Öffentlichkeit gelangt.«

»Jetzt machen Sie mich aber neugierig. Sie wurden schon früher gewalttätig?«

»Nur selten. Und niemals gegenüber Kindern. Genauso wenig wie heute. Darauf lege ich großen Wert.«

»Dieser Fall hat eine Komplexität, die mich überrascht. Was ist passiert?«

»Nun, das liegt lange zurück. Das war, bevor ich Erfolg als Autor hatte.«

»Ungefähr wie lange also?«

»So vor zehn Jahren etwa. Da war das gravierendste Ereignis. Am Flaschenrückgabeautomaten.«

»Bitte was?«

»Bei einem dieser Lebensmitteldiscounter. Kurz nachdem überall diese Automaten aufgestellt worden sind. Damit man die Pfandflaschen nicht mehr an der Kasse zurückgeben muss.«

»Erzählen Sie endlich!«

»Es war mitten im Sommer, es war brüllend heiß. Ich kam genervt aus dem Büro, damals arbeitete ich ja noch in meinem erlernten Beruf, und wollte auf dem Weg nach Hause noch Getränke einkaufen. Also betrat ich mit einer Einkaufstasche voller Leergut diese Filiale. Der fragliche Automat stand gleich im ersten Verkaufsgang. Eine Schlange von vielleicht fünf oder sechs Leuten hatte sich davor gebildet.«

»Weiter.«

»Ich erledigte also zunächst meine Einkäufe, um dann, bevor ich den Weg zur Kasse einschlug, noch einmal an dem Automaten vorbeizuschlendern. Die Schlange war keinen Millimeter kürzer geworden.«

»Und?«

»Ach so, ich vergaß zu sagen, dass sich in der Zeit, in der ich durch den Laden gegangen bin, nicht etwa neue Kunden in die Schlange einsortiert haben. Es waren immer noch dieselben.«

»Dann hatte der Automat einen Defekt?«

»Nein! Der Grund war ... Verstehen Sie, es war wirklich sehr heiß an diesem Tag, ich hatte Ärger mit meinem Vorgesetzten, außerdem wartete ich seit über einem halben Jahr auf eine Rückmeldung des Verlages, bei dem ich mein erstes Manuskript eingereicht hatte. Und dann war da dieses Kind. Da fehlte nur noch dieser Funke ...«

»Was war denn nun?«

»Ganz vorn in der Schlange stand diese Vorzeigemutter mit ihrem ... Kind. Vielleicht drei Jahre alt. Und der Bengel sollte die Pfandflaschen einwerfen, kam aber nicht an das Einwurfloch. Und dieses pädagogische Übertier meinte dann auch noch, anstatt diesem Kind die Arbeit abzunehmen, sie müsse dienliche Hinweise geben. ›Marcel‹, hat sie gesagt, ›wenn du zu klein bist, um die Flaschen einwerfen zu können, musst du dir etwas suchen, um dich daraufzustellen.‹ An dem Punkt bin ich dann explodiert.«

»Inwiefern?«

»Ich schrie die Frau an, sie solle ihren verfickten Zoppo aus der Sonne schaffen, sonst würde ich sie mit dem Kopf voran selbst in den Automaten stecken.«

»Beruhigen Sie sich, es gibt keinen Grund zu schreien!«

»Verzeihung, aber selbst nach all den Jahren nimmt mich das immer noch mit. Dieses … Nein, es war einfach furchtbar.«

»Und wie ging es weiter?«

»Die Frau hat sich fürchterlich aufgeregt und angefangen zu diskutieren.«

»Und?«

»Was und?«

»Was ist dann passiert?«

»Na, was ich ihr angedroht habe.«

»Um Himmels willen … Sie haben sie nicht wirklich kopfüber in den Automaten … ?«

»Es war im Affekt. Die Hitze, der Ärger, dieses Kind in unmittelbarer Nähe, diese uneinsichtige Mutter … da ist es halt mit mir durchgegangen.«

»Allmächtiger. Und dann?«

»Als mir klar wurde, was ich da angerichtet hatte, habe ich den Discounter sofort verlassen. Zum Glück ist nie etwas nachgekommen, ich habe nur in der Zeitung gelesen, dass nach einem Zwischenfall in einem Lebensmittelgeschäft eine Frau stationär im Krankenhaus aufgenommen werden musste.«

»Und wie war das heute?«

»Ähnlich …«

»Gab es hinter der Bühne im Schützensaal etwa auch einen Flaschenrückgabeautomaten?«

»Natürlich nicht. Die Lesung an sich habe ich erstaunlicherweise ziemlich gut überstanden. Ich hatte diese stark duftende Creme gegen den Gestank unter der Nase, das Licht im Saal war abgedunkelt, sodass ich diese … Wesen mit ihren Müttern in der ersten Reihe nicht sehen konnte. Schlimm wurde es erst wieder beim inoffiziellen Teil.«

»Nämlich?«

»Das Signieren verlief noch problemlos. Eskaliert ist die Sache beim anschließenden Sektempfang.«

»Bitte lassen Sie sich nicht alles aus der Nase ziehen!«

»Na ja, aus schierer Höflichkeit habe ich mich bei diesem Empfang für fünf Minuten sehen lassen wollen; Gelegenheit für die Presse, die letzten Fotos zu machen und so weiter. Und da kamen dann plötzlich diese Mütter ... mit diesen Kindern. Und sie wollten ein Foto. Mit mir. Wie ich ... ein Kind auf dem Arm habe.«

»O je.«

»Es war die Hölle. Plötzlich sah ich mich von einer Horde Kleinkinder umgeben, teilweise Neugeborene ... Ich bekam keine Luft mehr, meine Augen tränten. Ich musste da weg, so schnell es ging.«

»Warum sind Sie nicht einfach gegangen?«

»Bin ich doch! Aber eine dieser Frauen lief mir hinterher ... Sie fasste mich an ... mit diesem Kind auf dem Arm ... Da bin ich durchgedreht.«

»Durchgedreht ist wohl noch beschönigend ausgedrückt. Sie haben die Frau in einen Kinderwagen gequetscht. Und als sei das nicht schlimm genug, haben Sie dem Kinderwagen einen gehörigen Schubs verpasst.«

»Aber doch nicht mit der Absicht, dass er die Kellertreppe herunterstürzt. Ich habe nicht gesehen, dass ein paar Meter weiter die Stufen anfingen. Das müssen Sie mir glauben!«

»Ob ich Ihnen glaube oder nicht, sollte Ihre geringste Sorge sein. Ausschlaggebend ist der morgige Termin zur Haftprüfung. Und ich mache Ihnen lieber keine allzu großen Hoffnungen, dass Sie nach diesem Termin auf freien Fuß kommen.«

»Aber ich kann doch nichts dafür ... wenn wir das dem Richter alles erklären ...«

»Der Richterin.«

»Dann eben der Richterin, ist doch egal. Schuld ist allein meine Phobie. Als vernünftiger Mensch ...«

»Als vernünftiger Mensch sollte Ihnen klar sein, dass Sie mehr als einen Schutzengel benötigen, um mit einem blauen Auge davonzukommen. Vor allem bei der Richterin, der Sie morgen gegenüberstehen werden.«

»Und warum?«

»Wissen Sie, wie die Frau genannt wird? Mutter Beimer der Justiz. Ich denke, das sagt alles.«

»Mag sie etwa ... Kinder?«

»Sie hat selbst fünf Stück davon.«

»O Gott.«

»Vielleicht finden wir einen Gutachter, der Sie für unzurechnungsfähig erklärt. Aber ich fürchte eher, Sie können demnächst ausgiebige Recherchen zu einem Gefängnisroman anstellen. Habe ich nicht irgendwo gelesen, Sie wollten als Nächstes sowieso versuchen, einen Roman in Ich-Form zu schreiben? Ich schätze, Sie werden acht bis zehn Jahre Zeit haben, an dem Manuskript zu feilen ...«

**RANDNOTIZ**

Der erste Nobelpreis für Literatur an einen Deutschen ging 1902 an Theodor Mommsen. Weitere deutschsprachige Preisträger sind Rudolf Eucken (1908), Paul Heyse (1919), Gerhart Hauptmann (1912), Carl Friedrich Georg Spitteler (1919), Thomas Mann (1929), Hermann Hesse (1946), Nelly Sachs (1966), Heinrich Böll (1972), Elias Canetti (1981), Günter Grass (1999), Elfriede Jelinek (2004) und Herta Müller (2009).

*Wilfried Eggers*

## Der Fassadenkletterer

Als ich Fred kennenlernte, lag seine aktive Zeit zwölf Jahre zurück. Ich war umgezogen in den fünften Stock eines Mietshauses in der Innenstadt von Kiel, am Dreiecksplatz, direkt gegenüber dem Studio-Kino. Mein Mansardenzimmer, fünfeinhalb mal zweidreißig groß, kostete fünfzig Mark im Monat, Klo zweieinhalb Stockwerke tiefer, Waschgelegenheit eine halbe Treppe tiefer, keine Dusche. Wir heizten mit Radiatoren, elektrischen Heizkörpern auf Rädern.

Auf dem Flur gab es sechs Zimmer mit Dachschräge, auf jeder Seite drei, links dazu eine gemeinsame Küchenmansarde, in der unsere Vorgänger Kühlschrank und Regale zurückgelassen hatten, einen Tauchsieder und einen Tischgrill zum Rösten von Toastbrot und Fliegenpilzen; aber das wusste ich bei meinem Einzug noch nicht.

Mein Zimmer, gleich links hinter der Eingangstür, hatte eine Dachgaube zum Hinterhof. Mir schräg gegenüber, also zur Straße hin, wohnte Johnny Winter. So hieß er nicht wirklich, aber er sah aus wie Johnny Winter – lange blonde Haare, blonde Wimpern, wasserblaue Augen – und er wollte zu Johnny Winter werden, weshalb er Blues-Akkorde auf seiner Gitarre übte. Eines Nachts blieb ich spät auf dem Weg zur Küche vor seiner Zimmertür stehen und lauschte auf Zehenspitzen: immer der gleiche Akkord, immer und immer wieder und noch einmal wieder. Bis es plötzlich totenstill wurde und ich Johnny Winters Atem hinter der Tür hörte.

Monika von nebenan rettete mich. Sie wollte mal wieder in den Hinterhof hinab, auf der Leiter, die an der Dachrinne lehnte, aber Heinz, mit dem sie das Zimmer, LSD, Opium und die getrockneten Fliegenpilze teilte, hielt sie fest. Er traute der Leiter nicht, er fand sie gefährlich, so fünfzehn Meter steil hinunter ins Dunkle, und er argwöhnte, sie könne eventuell eine Halluzination sein.

»Lass mich los, ich will da runter, lass mich, lass mich, lass mich, lass mich ...«, kreischte Monika. Plötzlich stand Fred auf dem Flur, hellwach und nackt bis auf ein langes Unterhemd, im grellen Licht der ebenfalls nackten Flurbirne und fragte: »Heinz, kommst du klar?«

»Geht schon«, hörten wir Heinz hinter seiner Zimmertür keuchen. Fred nickte mir mit einem langen Blick zu, als sei ich einer von ihnen, legte den Zeigefinger über seine Lippen und zog sich in seine Kammer zurück. Durch den Spalt seiner halb offenen Tür sah ich ein überfülltes Bücherregal. Kurz darauf hatte Monika sich beruhigt, es war still wie zuvor – bis auf die Akkorde von Johnny Winter.

Fred war also ein Leser.

Neben dem Zimmer von Heinz und Monika befand sich die Küche, und jenseits daneben lebte Dieter, von allerlei bunten Pillen. Manfred – ihm gegenüber hinten rechts – meinte eines Abends, als ich ihn beim Brotschmieren in der Küche traf, Dieter fresse Aufputsch- und Beruhigungsmittel, Amphetamine und so Zeugs, unnütz für die Erweiterung des Bewusstseins und teuer. Dieter, so stellte ich später bei der Suche nach der letzten Unterhose fest, versteckte seine Pillen ausgerechnet in meinem Schrank, der aus Platzgründen auf dem Flur stand. Die Polizei besuchte uns nämlich häufig und ich, der ich gleich hinter der ersten Tür wohnte, spielte Empfangschef. Ich entsorgte die Pillen im Klo und hinterließ an ihrer Stelle einen Zettel im Marmeladenglas, Dieter möge sich bei mir melden. Das tat er schon am nächsten Tag, nachdem sein Zimmervorrat erschöpft war, sodass ich ihm im Wiederholungsfall einen Anschiss bei der Bullerei androhen konnte, aus Notwehr nämlich. Ihm stand kalter Schweiß auf der Stirn und er versprach Besserung, mit zittriger, aber lauter Stimme. Wieder stand Fred plötzlich da und fragte: »Kommt ihr klar?«

Fred war ein lesender Kümmerer.

Noch später entdeckte ich, dass Dieter meine Briefmarkensammlung aus dem Schrank geklaut hatte, und damit war er mit mir quitt, nicht aber ich mit ihm. Nur in der Mathematik stimmen die Gleichungen.

Manfred war der Gesprächigste meiner Mitbewohner, die anderen mieden mich, den Studenten. Manfred war ein überzeugter Kiffer, betrachtete Marihuana als Schlüssel zur Weisheit und hielt alle anderen Rauschmittel für sinnlos oder gefährlich, insbesondere Alkohol, über dessen schädliche Wirkung er lange missionieren konnte. Jeden Abend gegen neun verließ er das Haus, um in einer Diskothek zu psychedelischer Musik bis morgens um fünf zu tanzen. Nach einem letzten Joint fiel er in einen gerechten Tagschlaf.

Zurück zu Fred.

Irgendwann fiel mir auf, dass er völlig drogenfrei lebte, abgesehen von Kräutertee. Er schien sich nur selten etwas zu kochen und wenn, dann Vollkornreis. Während ich mich aufregte, beschwerte er sich nie über unsere schwierigen

Mitbewohner; er ertrug Johnny Winters Akkorde, die Polizeibesuche und Monikas Geheul wie Hagel und Regen, auch als ihre Anfälle häufiger wurden, nachdem sie schwanger geworden war; es war aber nur eine Scheinschwangerschaft. Fred lebte zurückgezogen, sogar zölibatär, denn nie hatte er Besuch, und er verließ seine Klause nur zu unregelmäßigen Gängen in die Stadt. Dann warf er sich seinen Poncho über, eine Wolldecke mit einem Schlitz in der Mitte. Mitunter sah ich ihn in der Stadt: eine markante Erscheinung, schlank, muskulös, reichlich eins achtzig groß, die feuerroten Haare wippten auf seinen Schultern, der rostrote Bart auf der Brust, er ging mit weit ausgreifendem federnden Gang, wie einer, der einen weiten Weg vor sich hat, keine Pausen machen wird und seine Kräfte einteilt. Sommers wie winters lief er strumpflos in Sandalen, Pluderhosen und seinem unvermeidlichen Poncho. Wovon er lebte, erfuhr ich nicht. Feste Pflichten schien er nicht zu kennen.

Nach einem Jahr wusste ich immer noch nichts über Fred, nur, dass er hilfsbereit war, asketisch lebte und ein Regal voller Bücher hatte. Immerhin, auch ich hatte ein Regal voller Bücher. Wir beiden waren die Leser auf unserem Flur.

Eine Tages feierte ich mit Kommilitonen meine Ersatzreserve drei, also meine faktische Befreiung vom Wehrdienst, ganz altbacken mit einem Kasten Bier. Einer meiner Gäste fragte, ob Fred der Fassadenkletterer im Hause wohne, denn neulich, als er aus dem Kino gegenüber gekommen sei, habe er Fred den Fassadenkletterer ins Haus gehen sehen, diesen rothaarigen Typen, der sogar im Winter barfuß unterwegs sei.

»Fassadenkletterer?!«

Er kenne diesen Lothar, erklärte der Kommilitone, diesen schlaksigen Typen, der manchmal freitags im *Wubbke* säße, der unterrichte die Knackis in Neumünster zum Hauptschulabschluss – und der habe erzählt, dass der Fred zwölf Jahre gesessen habe, wegen eines Bankeinbruchs mit Geiselnahme, und dass man ihn im Knast wegen seiner bevorzugten Einbruchsmethode den Fassadenkletterer genannt habe.

»Mann, pass bloß auf! So einer inner WG!«

Von wegen WG, widersprach ich. Wir wohnten zusammen auf dem Mansardenflur, mehr nicht; keine gemeinsame Kocherei, kein Putzplan; weshalb ich das Waschbecken im Waschraum und die Brille im Klo vor der Benutzung sauber machen müsste. Nur nicht nach Fred, fiel mir jetzt auf, und ich verteidigte ihn: Er sei ein tadelloser Mitbewohner.

Fred war meine erste Begegnung mit einem ehemaligen Strafgefangenen. Leute wie Fred gab es also nicht nur in meinen Büchern über Strafrecht und Kriminologie, sondern auch in der wirklichen Welt.

Fred war ein Sauberer. Und so lebten wir friedlich.

Manchmal kann aber ein falsches Wort einen Weltkrieg auslösen, oder wenigstens eine Verhaftung. Der Grund für das dramatische Ende unserer gemeinsamen vier- oder fünfjährigen Mansardenzeit waren Freds Spaziergänge in unserem Flur. Davon hätte ich vielleicht schon früher berichten sollen. Um sich fit zu halten, ging Fred nicht nur in der Stadt spazieren, sondern auch auf dem Flur. Jeden Abend. Acht Meter hin, acht zurück, immer hin und her. Dabei hatte er nur sein Hemd an, mehr trug er nie, wenn er zu Hause war. Und damit seine Spaziergänge auf dem Flur auch etwas brachten, ging Fred nicht auf den Füßen, sondern auf den Händen.

Fred ging also auf und ab. An ihm war alles verkehrt herum. Oben die Füße, die sich sacht im Takt des Handganges bewegten, und unten die langen roten Haare und der lange rote Bart, die um die Wette drei Lagen von Vorgängern hinterlassene Teppiche fegten, der Kopf halb verhüllt vom abwärts gerutschten Unterhemd. Das war nicht weiter bemerkenswert, abgesehen von der sportlichen Leistung. Auffällig aber war sein Gemächt: Es lugte aus einem roten Wald krauser Haare und tanzte fröhlich nach hier und nach dort, unschuldig wie im Paradies, bevor Adam Eva dazu überredete, ihm den Apfel aufzuschwatzen. Wir unterhielten uns entspannt, wie gute Nachbarn vor der Haustür.

Johnny Winter zerstörte unsere Idylle. Er kam aus seinem Zimmer, vielleicht seiner Akkorde überdrüssig, und steuerte zur Ausgangstür. Er gewahrte den Handgeher und während er ihm zusah, gefror sein Gesicht zu einer wütenden Maske. Er machte kehrt, verschwand in seinem Zimmer, war nach einer Sekunde mit einem gezackten Brotmesser zurück und stieß die Worte aus: »Wenn du das noch einmal machst, dann schneid ich sie dir ab!!« Offenbar hatte er Freds Abendsport noch nie bemerkt.

Fred tänzelte zum anderen Ende des Flurs, wendete und hielt. Von unten taxierte er Johnny Winter. Plötzlich wippte er mit den Armen und stand nach einem halben Salto vor uns, kein bisschen außer Atem.

»Ich mach nur mein Training, Johnny«, sagte er leise. »Ich tu dir doch nichts.«

Und was tat Johnny Winter? Er erklärte den Krieg wie ein Comanchen-Häuptling im Film und hieb das Messer in seine Türzarge. »Noch einmal!«, schrie er und trat ab, nicht ohne ein kräftiges Knallen der Tür. Wir hörten seine Tritte im Treppenhaus hinab.

Und was tat Fred? Er lachte. Es war eher ein stilles Kichern. »Komm«, sagte er, »lass uns einen Tee trinken.« Seine erste Einladung. Ich hatte ihn übrigens auch noch nie eingeladen.

Ich trat in sein Zimmer und stand in einer Bücherhöhle. Die Kammer war nur ein Meter siebzig breit, weshalb Fred, um Platz zu gewinnen, gleich über der Tür eine zweite niedrige Etage für ein Bett eingezogen hatte. Darunter an den Wänden: nichts als Bücher. Ein weiteres Regal, beidseitig mit Büchern gefüllt, teilte den Raum, dahinter war das Wohnzimmer, in dem es außer drei Hockern nur Bücher an den Wänden gab. Auf dem Boden lagen sie in Stapeln und sogar oben entlang des Bettes hatte er Regale gebaut; denn Fred schlief schmal.

Ich staunte wortlos, drehte mich im Kreis wie in einem Märchensaal. Ich bestaunte die Rücken seiner Freunde: der gesamte Kanon des klassisch gebildeten Bürgers. Zuerst fielen mir die Werke der Romantiker ins Auge: Tieck, Chamisso, E. T. A. Hoffmann, die Gebrüder Schlegel, Clemens Brentano, Achim von Arnim, *Des Knaben Wunderhorn,* Hölderlin, der gute Jean Paul, sogar Wackenroder; Kleist auch und Rückert; frühere wie Goethe, Schiller, Lessing und ganz alte wie Grimmelshausen und Brockes und spätere wie Heinrich von Heine und Börne; Mörike, Stifter, Hauptmann, Büchner, Hebbel, Gotthelf …

»Tja«, weckte Fred mich auf.

»Mensch, sag mal«, fragte ich die Frage aller Fragen: »Hast du die etwa alle gelesen?«

»Klar. Dafür sind sie doch da.«

Ich dachte an all die ungelesenen Bücher, die ich gekauft hatte. Ich sah mich weiter um. Fast keine Bücher aus der Zeit nach 1920. In dem Regal am Fenster englische Werke des 19. Jahrhunderts. Auf Englisch. Nathaniel Hawthorne, Charles Dickens und so.

»Bei den Übersetzungen geht ja immer die Hälfte flöten«, kommentierte Fred.

Und jetzt stellte ich die zweite blöde Frage: »Wie kommst du zu all den Büchern, Fred?«

»Ich hab sie geklaut.«

»Alle!?«

Er zuckte mit den Achseln. »Die meisten. Passt alles unter den Poncho. Hab ich innen Taschen drin. Aber die englischen sind schwierig. Die muss man ja bestellen.«

Das leuchtete ein.

»Ich koch mal den Tee«, erklärte Fred.

Wir saßen auf den Hockern, der dritte diente als Teetisch. Nach der Kriegserklärung der Friedenstee. Trotzdem fror ich, denn Fred heizte nicht, auch im Winter. Von dem Stromgeld könne er sich die englischen Bücher kaufen.

Das Lesen habe ihm im Knast das Leben gerettet, sagte er. »Eingesperrt sein ist fürchterlich, weißt du das? Wenn man liest, ist man frei.« Nicht dass besonders gute Bücher in der Bibliothek gewesen seien. Mit Hedwig Courths-Mahler habe er gelernt zu lesen. »Ich konnte ja kaum buchstabieren.« Aber eines sei darunter gewesen, das habe ihn elektrisiert: Schillers *Verbrecher aus verlorener Ehre.* »Wir hatten da so einen Lehrer.« Und dann habe er weitergelesen, alles, was er in die Finger habe kriegen können, von Karl May – »Toller Erzähler!« – bis Uwe Johnson – »Nicht lesbar!« – und Wolfgang Koeppen – »Auch nicht lesbar!« und Max Frisch, »Brauchbar«.

»Beim Lesen erhole ich mich vom Knast. Ich brauche noch ein paar Jahre.«

Aus dem 20. Jahrhundert ließ Fred nur Franz Werfel und Arno Schmidt gelten. Alles, alles, was man wissen müsse, stehe in den Büchern.

Fatalerweise landeten wir nach der dritten Kanne Tee bei Christoph Martin Wieland.

»Den habe ich nicht«, sagte er entschuldigend. »Schwer zu kriegen.«

»Da gibt's eine neue Gesamtausgabe«, sagte ich. »Zwölf Bände. Habe ich bei Dawartz gesehen.«

Worte sind Tatsachen, man kriegt sie nie wieder aus der Welt. Unbedachtes Reden ist gefährlich. Andererseits: Manchmal hilft es auch, man ahnt es nicht. Jedenfalls ging ich zur halben Nacht ins Bett. Ich hatte mich nicht getraut, Fred meine dürftige Anfängerbiliothek zu zeigen; es waren auch zu viele junge Bücher dabei. Und als ich einschlief, war meine letzte Erkenntnis: Kein Wort hatte Fred über Johnny Winter verloren und ich die Angst vor Kastrationen auf meinem Flur.

So war Fred. Er war ein Kümmerer, ein Menschenachter und ein Leser. Und ein Zuchthäusler, wie man damals noch sagte, der sich mithilfe alter Bücher gerettet hatte.

Als ich am nächsten Tag abends zurückkehrte, klopfte ich an seine Tür. Er war fort.

Und er blieb fort.

Am Tag danach erschien die Polizei mit einem Rollkommando. Pistolen in der Hand. Sie traten Freds Tür ein, verwüsteten sein Zimmer und verschwanden.

Den Rest erfuhr ich in der Woche darauf durch Zufall von Peter Schlüter, der bald zu meinem Freund und viele Jahre später zum Helden meiner Kriminalromane wurde. Er war einige Jahre älter als ich und arbeitete als wissenschaftliche Hilfskraft unter Professor Hellmer im kriminologischen Institut. Ich besuchte das Seminar, das Schlüter leitete. Thema: *Theorien zur Entstehung von Kriminalität.* Nach einer der Seminarstunden erzählte ich, dass mir Fred, der Fassadenkletterer und Dieb aus Leseleidenschaft, abhandengekommen sei.

»Den haben sie verhaftet«, antwortete Schlüter.

Ich war entsetzt. Wenn ich es auch geahnt hatte. Woher er das wisse?

Schlüter war seinerzeit schon spießig verheiratet und hatte zu allem Überfluss auch noch zwei Kinder, wohl der einzige

Student, der mitten im Leben stand. Erst als ich selbst dort angelangt war, begriff ich, dass man das Glück nicht am Nordpol findet, sondern im Suppenteller. Seine Frau Christa arbeitete in der Buchhandlung Dawartz. Zur Lehrerin wurde sie erst nach dem dritten Kind. Im Laden gab es eine Auszubildende, wie das heute heißt, die am zweiten Tag nach meinem Literaturabend mit Fred morgens die Buchhandlung aufschloss und ihren Augen nicht traute: Auf dem einzigen Stuhl im Laden, der hinter der Kasse stand, saß ein wilder roter Geselle unter einer Wolldecke und las im dritten Band der *Sämtlichen Werke* Christoph Martin Wielands! Sie kreischte und flüchtete in den Blumenladen nebenan, um von dort aus die Polizei zu alarmieren. Als die beiden Gesetzeshüter ankamen, war auch Elisabeth eingetroffen, Christas ältliche Kollegin, schon Mitte vierzig. Fred saß immer noch versunken und hielt das Buch fest in beiden Händen wie der Priester die Bibel. Die Polizisten näherten sich ihm auf Zehenspitzen. Als sie ihn schließlich leise ansprachen, reagierte er nicht. Erst als ihm einer die Hand auf die Schulter legte, blickte er auf und sah die Gesetzeshüter an wie Marsmännchen, die ja auch grün sein sollen. Nach drei Sekunden hatte alle Farbe Freds Gesicht verlassen. Man musste ihm helfen aufzustehen. Ob er die Bücher mitnehmen dürfe, fragte er. Die Bücher! Den ganzen Karton! Natürlich wurde ihm das abgeschlagen. Er ließ sich abführen wie ein Lamm. Ohne ein einziges Buch.

»Und nun sitzt er«, schloss Peter Schlüter seinen Bericht. »Aber Elisabeth tut er leid.«

Was tun? Ich hätte Fred gern geholfen. Ich besorgte mir Kartons, betrat sein Zimmer durch die demolierte Tür, packte alle Bücher ein und stapelte sie in meinem Zimmer. Ich traute mich nicht, Fred in der Untersuchungshaft zu besuchen, und schämte mich für meine Feigheit.

Vier Wochen später sprach Peter Schlüter mich nach der Seminarstunde an. »Übrigens«, sagte er, »dein Fred ist wieder draußen.«

»Wie ist das möglich?«

»Elisabeth«, grinste er. »Sie hat ihn rausgehauen.«

Elisabeth habe Fred gekannt, nicht persönlich zwar, aber als Kunden habe sie ihn schon oft im Laden gesehen und sich an seiner muskulösen Großgestalt erfreut, ohne sich dessen gewahr zu sein – denn die Gefühle schweben ja unter unserer harten Seelenschale und wir bemerken sie nicht. Sie musste nach der Scheidung zwei Kinder allein durchbringen und habe schon lange das Leben einer Nonne geführt. Der Anblick dieses lesenden Mannes und seines schrecklichen Erwachens war ihr tief ins schon bittere Herz gedrungen und hatte es – und sie mit – süß und weich gemacht. »Männer, die lesen, sind gute Männer, egal, was sonst ist«, habe sie Christa gesagt. Und sich mit ihr beraten.

Elisabeth sei anschließend zur Polizei gegangen, um die erste Straftat ihres Lebens zu begehen: Begünstigung und Falschaussage. Sie selbst sei an allem schuld, denn sie habe dem Fred, der ihr Kunde sei – dass er immer nur klaute, ahnte sie nicht –, das Dachfenster im Treppenhaus aufgelassen, habe dem armen Mann aus Mitleid und auch ein bisschen aus stiller Sympathie einen Traum erfüllen wollen: eine Nacht allein mit fremden Büchern. Dass er die Zeit verlesen hatte, herrje ... »Völlig verrückt.« Sie habe alles auf sich genommen und ihren Arbeitsplatz riskiert. »Schließlich ist für die Liebe kein Risiko zu groß, oder?«

Das stimmte.

»Aber der Fred, der wusste doch gar nichts davon, wie ...«

»Sein Anwalt«, unterbrach Schlüter, »ist ein Freund von uns, er hat uns von dieser merkwürdigsten aller Verhaftungen erzählt. Fred hatte die Aussage verweigert. Schweigen ist Gold, das weiß jeder Knacki, die sind uns voraus. Christa hat dem Anwalt Elisabeths Version geflüstert. Der entscheidende Punkt war, dass das Dachfenster heil geblieben war. Und der Anwalt ist zu Fred hin, der darf ja ohne Wache mit ihm reden. Der Fred brauchte nur noch Elisabeths Aussage zu bestätigen. Er habe sie nicht verraten wollen, hat er gesagt. Klingt doch plausibel, oder?«

»Wenn er jetzt frei ist, da kann ich ihm ja seine Bücher bringen!« Ich erzählte ihm von den Kartons in meinem Zimmer. »Wohin soll ich …?«

»Warte noch ein bisschen damit«, unterbrach Schlüter. »Er hat keine Zeit.«

»Wieso? Und wo steckt er eigentlich?«

»Na, bei Elisabeth. Die lesen jetzt ein anderes Buch.«

Wir lachten. Da hatte ich unwissend Schicksal gespielt und außerdem Fred mit Christoph Martin Wielands Hilfe vor der Kastration gerettet.

»Christa meint, das wird was,« ergänzte Schlüter. »Die kennt sich mit so was aus. Übrigens«, er hob den Zeigefinger, »das mit den Büchern war Beihilfe! Du hast geklaute Bücher beiseitegeschafft!«

»So so!«, hielt ich dagegen. »Und was Christa sich geleistet hat, wie nennt man das?«

»Anstiftung zur Falschaussage. Aber wehe, du verrätst etwas!«

**RANDNOTIZ**

Die in dieser Geschichte genannte Buchhandlung und die Menschen, die in ihr arbeiten, gibt es wirklich. Die Einbindung in die Romanhandlung haben sie nicht bezahlt, sondern verdient.

*Christiane Bogenstahl & Reinhard Junge*

# Tödliche Texte

## 1.

»He, Sie! Haben Sie meine Mülltonne vollgekotzt?«

Lothar wachte auf. Dumpfe Schläge hämmerten durch seinen Kopf, als hätte er letzte Nacht zu viel getrunken. Hatte er?

Er öffnete die Augen und blinzelte gegen die Sonne. Ein asphaltierter Hinterhof, umsäumt von hässlichen Garagen. Grau in grau. Rechts zwei steinerne Kübel mit mickrigen Geranien; das einzige Grün in diesem Betonparadies. Direkt daneben eine grauhaarige Frau mit einem fetten Dackel zwischen den stämmigen Beinen, die nun auf ihn herabblickte.

»Haben Sie hier etwa übernachtet?«, keifte sie.

Endlich registrierte Lothar die Abfallbehälter, neben denen er an der Hauswand lehnte. Hatte er hier gepennt? Automatisch tastete er die Jackentaschen ab. Geldbörse, Handy, Zigaretten – alles noch da. Aber dieser graue Fleck auf den Hosenbeinen! Er musste sich übergeben haben. Die passenden Spuren führten bis zu der braunen Tonne für Grünabfälle. Jetzt schnüffelte der Dackel daran.

»Das ist bah, Leo! Weg da!« Die Frau zog das Tier zurück. »Und Sie verschwinden jetzt, sonst rufe ich die Polizei!«

Lothar stemmte sich hoch und steuerte auf die breite Ausfahrt zu. Stieß vor der Haustür auf einen Eimer mit Wischwasser, den die Dackelfrau dort abgestellt hatte, fischte sich den Aufnehmer heraus und rieb die Essensreste aus den Jeans. Das Gezeter hinter seinem Rücken interessierte ihn nicht.

Auf der Straße schaute er sich um. Nicht berauschend, aber immerhin die Klever Oberstadt. Er schleppte sich an der alten Post und dem *Café Samocca* vorbei und spähte in den Garten seiner Lieblingseisdiele. Alles friedlich: sonnenbeschirmte Tische, bequeme Sesselchen, ein plätschernder Brunnen und wenig Gäste um diese Zeit. Niemand dabei, den er kannte. Ein starker Kaffee konnte nicht schaden.

Keuchend suchte er einen Platz, an dem die Sonne seine Hose trocknen konnte. Die kritischen Blicke der anderen Gäste ignorierte er, während er bestellte und eine Zigarette anzündete. Die Übelkeit im Magen kehrte mit einem Boxhieb zurück. Er kämpfte sie erfolgreich nieder.

Nach dem ersten Espresso hob sich allmählich der Erinnerungsnebel: die Kaschemme. Die heiße Blondine, die neben ihm gesessen hatte. Schlank, jung, rot glänzende Lippen. Aber was war davor passiert?

Ja, nachmittags hatte er am Laptop gesessen. Abgabetermin für die Whisky-Anthologie war in zwei Tagen. Die letzte Chance. Noch mal würden sie ihn nicht bitten, wenn er wieder überzog. Er hatte vor dem blinkenden Cursor gehockt, aber keinen vernünftigen Satz zustande gebracht. Wie fast immer in den letzten sechs Jahren, in denen Verlag und Leser auf seinen neuen Roman warteten. Also hatte er eine Runde um die Häuser gedreht, um einen klaren Kopf zu bekommen. Wollte sich bei guter Rockmusik mit einem Drink aufputschen, ganz unten, im *Haus Royen.*

Fehlanzeige. Statt Aerosmith und Tom Waits dudelte ihm bereits am Eingang ein Schlager von Andrea Berg um die Ohren. Hatte Chef Manni eine Wette mit dem Teufel verloren? Neugierig trat er einen Schritt vor. Kein Manni hinter dem Tresen, stattdessen nur ein Haufen alter Männer davor. Enttäuscht wollte er abdrehen, doch dann erschien sie: diese Blonde mit dem intensiven Blick. Auch sie auf Kurs zu diesem Laden. Ein Impuls, den er bestens kannte, trieb ihn voran. Auf einen der beiden freien Barhocker. Wie erhofft, kletterte sie auf den Nachbarsitz. Und dann?

Verzweifelt grübelte er, um die Erinnerungslücke zu schließen. Gott, ja, endlich – da war er, dieser wahnsinnige Alptraum. Er musste sturzbesoffen gewesen sein. Trotz der Wärme begann er zu zittern.

## 2.

Wie er aus dem Schlagerschuppen herausgekommen war, wusste er nicht mehr. Da war nur Schwärze. Aber er musste eingeschlafen sein, denn irgendwann danach hatte er seine Augen geöffnet und über sich eine weiß getünchte Decke erblickt. Er befand sich wieder mittendrin in seinem Traum. Oder in seiner Erinnerung?

Ein großer, abgedunkelter Raum. Leicht verschwommen erkannte er eine Lichtleiste. Und im Dämmerlicht hohe Bücherregale. Scheiße, wo war er?

Er versuchte, sich aufzurichten, konnte sich aber keinen Millimeter bewegen. Seine Muskeln gehorchten nicht. Panik überflutete ihn. O Gott, er war gelähmt! Unfall? Schlaganfall? Oder war er bereits in der Hölle?

Sein Herz galoppierte. Er drehte die Pupillen. Links neben ihm, undeutlich, eine Gestalt. Er wollte etwas sagen, aber auch die Stimmbänder verweigerten den Dienst.

Die Gestalt beugte sich über ihn. Ein Frauengesicht. Nicht die Blonde aus der Kneipe, sondern eine Brünette.

»Lothar, mein Lieber. Schön, dass du wach bist. Ich hoffe, du entschuldigst die unangenehmen Umstände.«

Auf dem Kopf, der mit ihm sprach, schimmerte eine dieser Hauben, wie sie früher die Krankenschwestern getragen hatten. Ein weißer Kittel, geöffnet. Darunter lockte ein Hauch von Bluse, der mehr verriet, als er verbarg. Was sollte dieser Mist? Was wollte die Frau? Woher kannte sie seinen Namen? Und was sollte diese Kostümierung? Viele Fragen, aber keine Stimme.

Die Frau mit dem sanften Gesicht wusste, was ihn quälte. »Du fragst dich sicher, warum du dich nicht bewegen und warum du nicht sprechen kannst.«

Seine Augen mussten ein Ja geblinzelt haben.

»Keine Sorge«, lächelte sie. »Nur ein Muskelrelaxans. Totale Bewegungslosigkeit bei vollem Bewusstsein. Vergewaltiger lieben das Zeug. Und ich jetzt auch.«

Er wollte aufbegehren, hatte aber keinen Erfolg.

»Bleib ruhig, mein Herz. Das Mittel wirkt nur ein paar Stunden. Und auch deine Kopfschmerzen sollten bald nachlassen. Das sind nur die K.-o.-Tropfen, die du vor zwei Stunden bekommen hast.«

Was für Tropfen?

»Ja, ja. Du bist verwirrt. War auch nicht fair von Mary, die Tropfen in dein Bier zu träufeln. Musste aber sein. Du hättest sonst bei unserem kleinen Spiel nicht mitgemacht. Aber als du erst mal in ihrem Wagen gelegen hast, war alles ganz leicht.«

Seine Augen weiteten sich. Was für ein Spiel? Erneut versuchte er, sich zu rühren, aber ihm war, als hätte er weder Arme noch Beine. Eine böse Vorahnung kroch achtbeinig an ihm hoch. Wer war diese Frau?

»Du erkennst mich nicht?«, fragte sie. »Ich bin's. Elisabeth, deine erste Frau. Ich habe dir mit meinen Nachtschichten das Studium finanziert.«

Hä? Die Alte hatte sie nicht mehr alle! Elisabeth hatte ganz anders ausgesehen. Und überhaupt …

Die hagere Schwester strich ihm über das schüttere Haar. Sie war auf eine asketische Art schön, aber ihre dünnen Handgelenke und Fingerknöchel erinnerten an eine Stabschrecke. Ihre Zärtlichkeit hinterließ auf seiner Seele eine Gänsehaut.

»Hoffentlich ist dir dieser Büchertisch nicht zu unbequem.«

Büchertisch? Regale? Mann, ich liege in einer Buchhandlung. Wieso nur?

»Aber du solltest von der harten Unterlage nichts spüren. Schau mal.«

Lächelnd hielt sie ihm eine Stecknadel vor das Gesicht – und tauchte sie, ganz sanft, in seine linke Wange.

Er wollte schreien. Aber tatsächlich: Er spürte nichts. Ihm wurde übel.

»Ist gleich vorbei«, tröstete ihn die Krankenschwester, als wäre sie wirklich eine.

»Okay. Du hast natürlich noch keine Ahnung, warum du hier bist. Pass auf, wir beide sind nicht allein!«

Fast zärtlich drehte sie seinen Kopf. Zu seiner Rechten erspähte er die Umrisse von zwei weiteren Gestalten. Auch sie steckten in einer Art Kostüm: Die kleine, rundliche Frau hatte strubbelige, rote Haare und trug einen Haarreifen mit glitzernden Teufelshörnchen. Ihr schwarzes Shirt versprach in roten Lettern: *Devil inside.*

Neben ihr stand die schlanke Blondine aus der Kneipe. Die Lippen waren schwarz geschminkt und am Hals leuchteten zwei blutige Punkte – so, als hätte sie ein Date mit einem Vampir gehabt. Und noch immer lockte das sexy Outfit.

Ein irrer Gedanke durchzuckte Lothars Hirn. Erneut schien die Schwesternhaube ihn zu erraten: »Ja, ja, das erinnert dich an den schönen Paris, der von drei griechischen Göttinnen die Schönste krönen sollte. Aber wir sind hier nicht in Troja. Kommt näher, Mädels!«

Die Rote ergriff zuerst das Wort: »Hallo, Loddi! Ich bin's. Ramona. Wie schön, dass wir uns wiedersehen.« Ihre Stimme klang so falsch wie Zwölftonmusik und ließ den Gelähmten erschauern.

»Hey, Bärchen«, sagte die sexy Blonde. »Mary. Erinnerst du dich?«

Sie streckte die Hand aus und strich mit einem Fingernagel über seine Unterlippe. Verdammt, dachte er. Was wollen die von mir?

Die Haubenfrau lächelte kühl: »Wir drei wollen dir zeigen, wie schön es war, als Frau mit dir zusammen zu sein.«

Gaga, dachte er. Total gaga! Ich habe euch nie zuvor gesehen! Das muss ein Irrtum sein. Ihr verwechselt mich!

»Worte allein«, erläuterte Elisabeth, »haben bei dir nie gewirkt. Aber jetzt werden Taten folgen.«

Verzweiflung überkam ihn. Die mussten einen anderen meinen! Warum half ihm denn keiner?

## 3.

»Nicht kotzen, Bärchen«, mahnte die Blonde. Ihre Hand klebte an seinem Gesicht wie ein Geschwür. Jetzt verrieb sie das salzige Wasser aus seinen Augen wie eine Lotion auf seinen Wangen: »Elisabeth, gib dem Kleinen was gegen Übelkeit. Hinterher erstickt er noch, bevor er die Chance hatte, etwas zu kapieren.«

Was? Ersticken? Er rang nach Luft. Aber schon träufelte ihm Elisabeth ein paar Tropfen in den Mund. Bitter. Aber tatsächlich, die Übelkeit verflog. Dennoch krallte sich die Angst mit Eisenklauen in seinen Eingeweiden fest.

Mary räusperte sich und wandte sich ihren Komplizinnen zu. »Wenn ihr nichts dagegen habt, würde ich gern anfangen. Auch wenn ich nur drei Jahre unter ihm gelitten habe.«

Die Rothaarige kicherte: »Unter ihm – hihihi, ja, das trifft es wohl.«

Elisabeth lächelte spöttisch und streckte den Daumen nach oben: »Wartet. Darauf müssen wir noch anstoßen!«

Sie stand auf, entfernte sich – und gab die Sicht auf einen Stuhl frei, der etwas abseits parkte. Jacke, T-Shirt, Hose und Slip waren sorgsam darübergehängt – seine eigenen Klamotten! Lag er etwa nackt hier?

Die Blonde verfolgte seinen Blick und lachte auf: »Mädels, er hat gemerkt, dass er nackt ist. Keine falsche Scham, Bärchen – du hast dich schon oft genug vor uns ausgezogen.«

Ramona juchzte auf und selbst Elisabeth gluckste, als sie zurückkehrte. Gläser klirrten und kurz darauf hörte Lothar ein sachtes Plopp. Die Damen prosteten sich zu.

Dann pflückte Mary ein Buch aus einem der Regale und zog ihren Stuhl neben ihr Opfer.

»Hör gut zu, Bärchen. Was jetzt kommt, ist das Vorspiel. Mal sehen, ob du danach noch Lust auf mehr hast.«

Ramona gluckste im Hintergrund, als Mary fortfuhr: »Dein Fehler besteht darin, dass du nicht lieben kannst. Drei Jahre habe ich wie eine Sklavin mit dir gelebt. Du hast zu Hause nicht einen Finger krumm gemacht. Alles blieb an mir hängen. Selbst als Karin auf die Welt gekommen war, hast du nichts getan, was die Bezeichnung Ehemann und Vater verdient hätte. Du hast nur am Schreibtisch gesessen und deine lächerlichen Geschichten getippt.«

Sie trank einen Schluck Sekt und sah ihn wieder an. Ihr Blick war jetzt aus Eis.

»Ich habe mich so allein gefühlt. Doch du bist nicht mal wach geworden, wenn ich mir nachts die Augen ausgeheult habe. Geschnarcht und gegrunzt wie ein Schwein hast du. Wäre Karin nicht gewesen, wäre ich viel eher gegangen. Von dem Verhältnis zu diesem Flittchen von nebenan wusste ich schon früh. Aber da war es mir schon egal. Hauptsache, ich hatte Ruhe vor deinen stinkenden Fingern.«

Die ist doch meschugge! Er hatte die Frau – war es gestern? – zum ersten Mal gesehen. Aber woher wusste sie von seiner zweiten Ehe? Von seiner großen Tochter? Warum verdrehte sie alles? Warum log sie so dreist?

Sie hielt ihm das Buch nun vors Gesicht: »Hier. Von Pussi Falke Nielsson. *Erbarme dich meiner.* Da geht es um Kerle wie dich!«

Ein paar Sekunden später hatte sie die passende Stelle gefunden und las sie vor:

*Deine gemeinen Augen werden aus dem Kopf treten. Dein närrisches Lachen wird erstickt. Dein Leben ist nur ein fauliger Hauch, der in einer Plastiktüte eingefangen wird. Du verpestest keine Luft mehr. Man wird dich auf ewig in Erinnerung behalten als das, was du bist: ein kalter egoistischer Fisch, ein Ungeziefer, das von der Welt getilgt werden musste. Du musst jetzt sterben.*

Sterben?

Entsetzt traten seine Augen hervor, die Umgebung verschwamm, in seinen Ohren toste ein Wasserfall.

Mary öffnete eine Schublade, die sich unter dem Ladentisch befand. Ein unheilvolles Knistern drang in seine Ohren. Dann entfaltete sie einen kleinen, durchsichtigen Müllbeutel: »Wirklich rührend, deine Tränen. Aber die werden dir nicht helfen.«

Entschlossen stülpte sie ihm das Plastikteil über den Kopf. Die Folie klebte an seiner feuchten Haut, hob und senkte sich durch seinen schnellen Atem wie ein Tubus. Die Luft im Beutel wurde erst warm, dann heiß. Seine Lungen brüllten nach Sauerstoff.

Mit aller Verzweiflung wollte er sich wehren. Aber seine Muskeln streikten. Schon flimmerte es vor seinen Augen. Bunte Punkte wirbelten vor seinen Pupillen. Dann wurde es schwarz um ihn.

## 4.

Bin ich tot?, durchzuckte es ihn, als er wieder zu Bewusstsein kam. Frische Luft strömte in seinen Brustkorb. War der Alptraum vorbei? Er schlug die Augen auf. Die Szenerie war unverändert.

Die rothaarige Ramona ahnte seine Frage: »Nein, Loddi, kein Traum. Und wir sind noch lange nicht fertig mit dir.«

Sie strich sich eine verirrte Strähne aus der Stirn. »Weißt du, was ich dir nie verzeihen konnte? Das Feuer in unserer Gartenlaube. Die kleine Holzhütte, in die du dich zum Schreiben zurückgezogen hast.«

Noch eine alte Geschichte. Und wieder eine, die kein gutes Ende genommen hatte. Er wimmerte innerlich. Wer hatte dieser Frau davon erzählt? Was würden ihm diese Harpyien jetzt antun?

»Du warst zum Fußballgucken ins Haus gekommen – und hattest eine deiner Kippen im Aschenbecher liegen lassen. Von da aus rollte sie in den Papierkorb. Dann brannten die Gardinen und zum Schluss die ganze Hütte. Ja, den Laptop mit deinem Geschreibsel hattest du natürlich mit ins Haus genommen. Unser armer Struppi hatte nicht so viel Glück. Sein Fell brannte wie Pyrowatte.«

Ramonas Augen waren jetzt nur noch Schlitze. »Die kleine Stefanie träumt noch immer davon, dass Struppi als vierbeinige Fackel in ihr Bett springt. Diese Narben auf ihrer Seele wird sie nie wieder los.«

Seine Synapsen glühten. Das war doch alles ganz anders gewesen!

Er krächzte trocken. Schmeckte immer noch die Bitterkeit der Tropfen, die man ihm verabreicht hatte. Er war jetzt sicher, dass eine seiner Exfrauen diese Sadistinnen engagiert hatte. Um ihn töten zu lassen?

»Komm, mein Lieber, eine Erfrischung!« Elisabeth beugte sich über ihn und befeuchtete seine trockenen Lippen. »So. Jetzt kannst du die Fortsetzung richtig genießen!«

Die beiden anderen Frauen kicherten, als die Rothaarige ein Buch aufschlug. »Kennst du Pablo Luiz Ramón? *Die Flammen der Winde.* Schönes Buch. Offenbar hat er es Struppi gewidmet.«

*Ich erkannte ihn nur noch an den Augen. Die Flammen hatten seine Haut geschmolzen, seine Haare, Brauen und Wimpern versengt. Das Feuer hatte ihm die Kleidung vom Leib gepeitscht und sein Körper glich einer rohen Masse angegrillten Fleisches. Sein Gestank war unerträglich.*

Ramonas Augen funkelten böse. Sie griff unter ihren Stuhl und brachte einen Tauchsieder zum Vorschein: »Ich finde, dass auch du ein paar Narben aus unserer gemeinsamen Zeit davontragen solltest.«

Entschlossen koppelte sie das Kabel an eine Verlängerungsschnur. Das Ratschen des Steckers klang wie ein Todesurteil. Nacktes Entsetzen in seiner Brust.

Ramona hob den Tauchsieder, damit er sah, was passierte. Die metallene Spirale verfärbte sich, erst rosa und dann in ein Rot, das immer dunkler wurde. Bis sie glühte.

Die waren ja irre! Total durchgeknallt!

Jetzt hielt Ramona ihm die Spirale so nah vor das Gesicht, dass seine Augen tränten. Die Hitze griff seine Wimpern an. Er konnte fast sehen, wie sie sich kräuselten. Und dann ...

Nein. Das nicht! Bitteeee!

Ramona holte aus, zielte auf seinen Bauch und rammte das glühende Eisen nach unten. Nein, noch immer keine Schmerzen – aber er spürte vage den Druck. Hörte, wie es zischte. Atmete süßen Gestank. Rhythmisches Stampfen in seinem Kopf. In seinem Körper. Monströse Weiberfratzen im Halbdunkel. Gesichter ohne Erbarmen. Das Stampfen nahm zu, bis endlich alles still war.

## 5.

»Na, wer wird denn gleich schlappmachen? Den körperlichen Schmerz haben wir dir doch erspart!«

Elisabeth lächelte ihn so freundlich an wie Mutter Teresa die Straßenmädchen von Kalkutta.

»Für den Moment wenigstens!«, kicherte Ramona und entkorkte die zweite Flasche Sekt. »Aber gleich ...«

Hexenbrut, sadistische! Sie wollten ihn zu Tode foltern. Langsam. Genüsslich. Niemand würde ihm helfen. Niemand. Er weinte wieder.

»Er ist und bleibt ein Weichei!«, schnaubte Mary.

Die Luft roch noch immer nach frisch Gegrilltem und den Ausdünstungen des Sekts. Lothar bekam unwillkürlich Hunger und Durst. Ein irres Lachen erfüllte ihn.

Elisabeth prostete ihm zu: »Ich mache es kurz, mein Lieber! Während ich nachts in der Klinik war, hast du dich durch die Gegend gevögelt wie ein Kaninchenbock. Alle wussten davon, nur ich nicht. Diese Demütigung werde ich dir nie verzeihen. Noch Jahre danach musste ich die mitleidigen Blicke der Nachbarn ertragen. Es war die Hölle.«

Mit beiden Händen ergriff sie eine schwarz eingebundene Schwarte, aus der ein Lesezeichen mit einem roten Bändchen herausragte: »Steffi Queen hat mich inspiriert. Ihr neuestes Buch heißt *Der Doc schläft nie.*«

*Jasmine, ganz in Rot gekleidet, hatte ihre Hände hinter dem Rücken versteckt. Die Rechte umklammerte ein Messer. Es war kurz und scharf.*
*Dann schwang die Frau den Dolch wie eine wahnsinnige Dirigentin auf und nieder. Er schrie, bis seine Stimmbänder rau und rissig waren und seine Schreie nur noch ein trockenes Bellen. Jasmines Hände glichen roten Handschuhen, als sie zum Schlussakkord ansetzte.*

»So, mein Lieber! Der Höhepunkt dieser Nacht kommt von mir!«, verriet Elisabeth. »Du wirst keine Frau mehr demütigen.«

Das Buch verschwand – und dann glänzte ein Skalpell auf. Mit der freien Hand packte sie entschlossen zwischen seine Schenkel.

Blanker Horror in Lothars Augen. Nein! Nicht das! Lieber tot als …

Mit der Routine eines Metzgers vollzog Mutter Teresa einen schnellen Schnitt. Dann hoben ihre blutigen Hände zwei ovale, rot triefende Stückchen Fleisch in die Höhe: »Schau her! So sehen deine Juwelen ohne das Säckchen aus!«

NEEIIIIIIN!!!

Die Lichter erloschen.

## 6.

Wie betäubt saß er nun hinter der Eisdiele in der Sonne und konnte es nicht fassen. Verstohlen fasste er sich kurz in den

Schritt. Alles noch an seinem Platz? Er atmete auf, erleichtert und verwirrt zugleich. Schon war er versucht, sein Hemd vorne aus der Hose ziehen, um seinen Bauch zu begutachten. Eine ältere Dame blickte ihn empört an. »Also wirklich!«

Erschrocken ließ er die Hand sinken. Dennoch räumte die Frau ihre Sachen zusammen und legte einen Geldschein auf den Tisch. Beim Aufstehen murmelte sie etwas, in dem die Worte »Drogen«, »Penner« und »immer schlimmer« vorkamen.

Lothar hörte gar nicht hin, sondern grübelte. Klar, er musste hackenstramm gewesen sein – sonst hätte er nicht im Freien übernachtet und so etwas Abstruses geträumt. Aber so blau hätte er es niemals bis in die Oberstadt geschafft. War doch alles Realität? Das passte doch auch nicht. Wie auch immer – er musste mit jemandem darüber reden …

Er stellte die Kaffeetasse ab, zahlte und stemmte sich hoch. Mit weichen Knien taumelte er zurück zur Hagschen Straße und ließ sich bergab treiben auf die Buchhandlung seines Freundes Matthias Hintzen zu. Vielleicht stellte Matze die richtigen Fragen.

Früher hatte er den Laden mindestens ein Mal pro Woche aufgesucht und mit ihm und Sigrun abends so manches Fläschchen Wein geteilt. Sie hatten über alles reden können: über Bücher, über die Billigläden in der Unterstadt, über Fußball und – wenn Sigrun nicht dabei war – auch über die Frauen, die ihre Wege gekreuzt hatten. Eine echte Freundschaft. Zumindest, als er noch ein *schreibender* Schriftsteller war.

Diese Vertrautheit hatte in den letzten Monaten stark gelitten. Sigrun, zu der sich seine Affären durchgesprochen hatten wie anderer Dorfklatsch auch, verschwand im Lager, sobald der Herr Autor hereinkam. Matthias versuchte es anfangs mit interessierten Erkundigungen, wann wohl ein neues Buch käme. Später wandelten sich die Fragen zu kleinen Spitzen und Appellen: »Mensch, das Leben erzählt genug Geschichten. Schreib sie doch einfach auf. So wie früher.«

Am Ende war es nur noch nervig, ja sogar peinlich gewesen. Matthias erzählte von den enttäuschten Kunden, die darauf warteten, dass es neue Enthüllungen über die Geschichte der Stadt und ihrer »feinen Leute« gab. Erinnerte an vergangene Verkaufserfolge und verstieg sich zu der Behauptung: »Mensch, nur Wallraff und die Bibel habe ich öfter verkauft. Hau rein!«

Zum Schluss hatte Lothar das Geschäft einfach gemieden.

Jetzt stand er erstmals nach langer Zeit wieder vor den beiden Schaufenstern, in deren Mitte ein verglaster Gang zu den beiden Türen führte. Soll ich – oder soll ich nicht? Scham stieg auf, weil er Matthias' Anrufe zuletzt nicht mehr angenommen hatte. Lust auf neue Sticheleien hatte er sowieso nicht – aber irgendwem musste er von dieser Höllennacht erzählen.

Dann stieß er die rechte der beiden Türen auf. Wie immer ein weiter Blick bis ins Untergeschoss, wo lange Präsentiertische standen. Schwarze Deckenstrahler tauchten die Bücherregale in diffuses Licht. Wohnzimmeratmosphäre.

Aber Moment ... diese Deckenleuchten? Und dann die schlichten mehrfarbigen Regale. Fast so wie in seinem Traum. Was zum ...?

Sigrun stand auf halber Höhe der Treppe, als er hereinkam. Sie nickte ihm zwar kurz zu, machte dann aber auf dem Absatz kehrt und verschwand nach unten ins Antiquariat. Das war deutlich.

Doch Matthias, der links an der Kasse stand, stürzte – sichtlich erschrocken – auf ihn zu: »Lothar, Mensch, wie siehst du denn aus? Was ist passiert?«

»Wie ... wie sehe ich denn aus?«

»Als hättest du die schlimmste Nacht deines Lebens hinter dir. Teufel auch!«

Er rief seinen Assistenten, Kleves bibliografisches Urgestein: »Eckard, übernimm du bitte mal! Und pass auf, dass uns keiner stört!«

Dann zog er den Besucher nach hinten in das geräumige Büro, kramte im Schreibtisch und hielt ihm einen kleinen Taschenspiegel hin: »Guck mal!«

Lothar erschrak jetzt selbst. Die Haare verklebt. Tiefe Kerben in den Mundwinkeln. Und an den Ringen unter seinen Augen hätte Deutschlands bester Turner üben können.

»Komm, setz dich! Kaffee, Wasser, Saft?«

»In dieser Reihenfolge. Aber bloß keinen Alk.«

Dann begann Lothar zu erzählen – langsam, zögernd. Aber je lebendiger die Erinnerungen wurden, desto schneller sprudelte es aus ihm heraus.

Matthias hörte ihm geduldig zu und bewegte hin und wieder ungläubig den Kopf. Als Lothar den Tauchsieder erwähnte, stand der Kumpel auf, goss sich einen Cognac ein und kippte ihn herunter wie Wasser.

Endlich verstummte der Besucher. Eine kurze Pause entstand.

Schließlich schnappte Matthias nach Luft: »Unglaublich. Da hat dir jemand eine Droge ins Glas geworfen. Reiner Wahnsinn, was du da zusammenfantasiert.«

Bei einem zweiten Cognac dachte er kurz nach.

»Am besten, du schläfst dich erst mal aus. Ich rufe ein Taxi. Ist jemand da, der dich bemuttern kann? Ach, nein – Sylvia hat dich ja auch verlassen. Wenn du willst, schaue ich am Abend einmal vorbei.«

Woher weiß er das mit Sylvia?, fragte sich Lothar, während Hintzen mit der Taxizentrale sprach. Danach sagte er: »Ich frage mich, ob ich das wirklich nur geträumt habe.«

Matthias lachte auf: »Hör mal! Wenn das alles passiert wäre, könntest du jetzt nicht mehr laufen. Geh mal aufs Klo und sieh nach, ob …«

»Alles da«, versicherte der Autor.

»Das ist doch absurd. Oder in deiner Geschichte fehlt was. Kannst du dich wirklich an nichts erinnern?«

Lothar grübelte. Sein Freund hatte recht. Etwas fehlte noch …

Es klopfte. Dann stand Eckardt in der Tür: »Chef, wo sind *Die wilden Hühner?* Ich brauche den Karton mit Band 3!«

Hühner! Jaaa! Das war das Schlüsselwort! In Lothars Gedächtnis öffnete sich die letzte verschlossene Tür.

Kaum war Eckardt verschwunden, brach es auch ihm heraus: »Es war wirklich kein Traum!«

»Ach?!«

»Ja.«

»Und deine – ich meine, deine, äh, du weißt schon …«

»Sind noch da.«

»Also doch ein Traum!«

»Von wegen! Diese Hexen haben mit meiner Angst gespielt. Darum die Muskelblockade. Damit ich nicht sehen konnte, was sie machten.«

»Und was haben sie gemacht?«, fragte Matthias.

»Mit dem Tauchsieder auf meinem Bauch ein Kotelett gegrillt. Und die blutigen Fleischstücke waren frische Hühnerherzen.«

Matthias lächelte spöttisch: »Und das haben sie dir auch noch erklärt?«

»Natürlich nicht. Aber als die Weiber mich drüben in dem Hinterhof ablegten, war ich kurz wach. Halb tot gelacht haben sie sich. Und sich gegenseitig zu ihren genialen Tricks gratuliert. Als ich dann die Augen aufschlug, versicherte mir diese Blonde, es sei alles nur zu meinem Besten gewesen und ich solle jetzt schön weiterschlafen.«

»Unglaublich! Mann, ich wusste gar nicht, dass es so logische Träume gibt.«

»Glaub mir doch, das war kein Traum. Das kennst du doch aus Agentenromanen. Da werden Gefangene zum Schein erschossen, um ihren Willen zu brechen. Und diese Rachegöttinnen ...«

Von vorn ertönte eine Autohupe.

»Das Taxi ist da. Lass uns ein anderes Mal darüber reden. Jetzt schlaf dich erst mal aus.«

Beim Aufstehen fiel Lothars Blick auf Matthias' Schreibtisch: Hinter dem alten Röhrenmonitor halb verdeckt lag der neue Horrorroman von Steffi Queen. Ein Lesezeichen mit einem roten Bändchen ragte heraus.

Der Buchhändler folgte den Augen des Autors, nickte ein wenig, zog die Schultern hoch und lächelte sardonisch: »Ja, ja, Zufälle gibt's, die gibt es eigentlich gar nicht.«

Er begleitete Lothar bis vor die Tür. »Okay, mein Freund. Erhol dich gut und meide den Alkohol. Aber schreib alles auf, wenn du richtig wach bist. Das ist doch ein prima Stoff für einen spannenden Roman. Lange genug gewartet haben wir doch.«

Mit einem Zwinkern drehte er sich um.

## Autorinnen und Autoren

1953 in Bochum geboren, arbeitete **Jürgen Pomorin** alias **Leo P. Ard** zunächst als Bankkaufmann, bevor er Journalist wurde und als Drehbuch- und Kriminalromanautor durchstartete. Neben vielen TV-Filmen und Reihen (unter anderem *Balko* und *Ein starkes Team)* gehen zahlreiche Krimis und Krimikurzgeschichten auf sein Konto. Unter anderem erfand er gemeinsam mit Reinhard Junge das legendäre Fernsehteam PEGASUS, dass dafür sorgt, das die Lokalpolitiker im Ruhrgebiet nicht ruhig schlafen können.

Pomorin lebt auf Mallorca, in Bochum und Berlin.

**Jacques Berndorf** – Pseudonym des Journalisten **Michael Preute** – wurde 1936 in Duisburg geboren und lebt seit vielen Jahren in der Eifel. Er war als Journalist tätig, arbeitete unter anderem für den *stern* und den *Spiegel,* bis er sich ganz dem Krimischreiben widmete.

Seine Eifel-Krimis um den Journalisten Siggi Baumeister haben Kultstatus und waren wegweisend für die Entwicklung der deutschen Krimiszene.

**Christiane Bogenstahl** erblickte in Wattenscheid das Licht der Welt, ist im Hauptberuf EDV-Projektleiterin und bildet nun mit Reinhard Junge ein kriminelles Team.

**Reinhard Junge** wurde 1946 in Dortmund geboren, studierte in Bochum und unterrichtete trotz Berufsverbot zweiunddreißig Jahre lang in Wattenscheid, wo er heute als Rentner wohnt. Junge veröffentlichte elf Kriminalromane, davon sechs zusammen mit Leo P. Ard, zuletzt im Alleingang *Achsenbruch.*

www.reinhard-junge.de

**Wilfried Eggers** wurde 1951 geboren und studierte Rechtswissenschaften und skandinavische Sprachen in Kiel. Heute arbeitet er als selbstständiger Rechtsanwalt und Notar in Drochtersen im Weser-Elbe-Dreieck.

Seine Krimis spielen in seiner Heimat. Für seinen Roman *Paragraf 301* wurde er für den ›Friedrich-Glauser-Preis‹ in der Sparte ›Bester Roman‹ nominiert. Zuletzt ist von ihm *Die oder ich* erschienen.

www.wilfried-eggers.de

**Lucie Flebbe,** 1977 in Hameln geboren, lebt als Physiotherapeutin und Autorin mit ihrem Mann und den gemeinsamen Kindern in Bad Pyrmont.

Für ihren ersten Krimi um Lila Ziegler *Der 13. Brief* erhielt sie selbst den ›Friedrich-Glauser-Preis‹ für das beste Debüt eines Jahres. Mittlerweile hat sie zahlreiche weitere Romane und Kurzgeschichten veröffentlicht; zuletzt erschien *Tödlicher Kick.*

www.lucieflebbe.de

**Ralph Gerstenberg,** geboren 1964, studierte Literatur-, Kultur- und Theaterwissenschaft und arbeitete zwischen 1986 und 1988 als Buchhändler in der Berliner Kollwitzbuchhandlung, die er beim Schreiben der Geschichte – wie man so sagt – vor Augen hatte.

1998 veröffentlichte er seinen ersten Kriminalroman *Grimm und Lachmund,* auf den weitere folgten, zuletzt *Feuer im Aquarium.* Außerdem schrieb er Erzählungen, Reportagen, Hörbücher und Rundfunkfeatures. 2011 gab er die Anthologie *He shot me down. Rock 'n' Crime Stories* heraus. Ralph Gerstenberg lebt als Schriftsteller und Journalist in Berlin.

www.ralphgerstenberg.de

**Peter Godazgar,** Jahrgang 1967, wuchs in Hückelhoven auf. Er hat Germanistik und Geschichte studiert, anschließend bei der Mitteldeutschen Zeitung volontiert und die Henri-Nannen-Journalistenschule in Hamburg besucht. Derzeit arbeitet er als Redakteur der *Mitteldeutschen Zeitung* in Halle an der Saale. Neben Krimikurzgeschichten schreibt er Liebesromane und humorvolle Kriminalromane mit dem Privatermittler Markus Waldo.

www.peter-godazgar.de

**Christoph Güsken,** geboren und aufgewachsen in Mönchengladbach, studierte in Münster, arbeitete als Buchhändler in Köln und textete für das *Haus der Springmaus* in Bonn. Seit 1995 lebt er in Münster als freier Autor.

Er veröffentlichte einen Science-Fiction-Roman, zahlreiche Kurzgeschichten und Hörspiele. 1996 erschien sein erster Kriminalroman, dem viele weitere folgten.

www.christoph-güsken.de

Geboren 1964 in Bochum, absolvierte **Theo Pointner** zunächst eine kaufmännische Ausbildung, an deren Ende eine Tätigkeit in einem psychiatrischen Krankenhaus stand. Später begann er ein berufsbegleitendes Studium zum Diplom-Betriebswirt und ist nun Leiter des Medizin-Controllings eines Krankenhauses. Seit 1992 schreibt er Kriminalromane und Kurzgeschichten, der zuletzt erschienene Roman heißt *Abgesang.*

www.theopointner.de

**Niklaus Schmid** wurde 1942 in Duisburg geboren und reiste einige Jahre unter anderem durch Indien, Afrika und Südamerika, bis er sich 1978 als freier Schriftsteller in Duisburg und auf Formentera niederließ. Neben Hörspielen und Reisebüchern schreibt er Kriminalgeschichten und -romane, die wie sein eigenes Leben an Rhein und Ruhr und auf den Balearen spielen.

www.niklaus-schmid.de

**Ilka Stitz,** geboren 1960, lebt in Köln. Sie studierte Kunstgeschichte, Germanistik und klassische Archäologie. Nach dem Studium folgte eine Ausbildung zur Journalistin für Presse- und Öffentlichkeitsarbeit. Derzeit arbeitet sie als freie Journalistin und Autorin.

Gemeinsam mit Karola Hagemann veröffentlichte sie, auch unter dem Pseudonym **Malachy Hyde**, zahlreiche historische Romane. Im Alleingang hat sie den Römerschmöker *Wer Fortuna trotzt* und das Mittelalterepos *Harzblut* geschrieben.

www.ilkastitz.de

**Ella Theiss** lebt in der Nähe von Darmstadt. Sie hat Germanistik und Sozialwissenschaften studiert, nach ihrem Volontariat mehrere Jahre als leitende Redakteurin gearbeitet. Seit der Geburt ihrer Töchter ist sie freie Journalistin. Seit 2007 befasst sie sich auch mit dem literarischen Schreiben. Sie debütierte mit dem Preußenkrimi *Die Spucke des Teufels*, der den zweiten Platz beim ›Gerhard-Beier-Preis‹ 2010 belegte. 2012 erschien ihr erster zeitgenössischer Krimi *Neben der Spur*.

www.ellatheiss.de

**Gabriella Wollenhaupt** und **Friedemann Grenz** sind seit 2004 verheiratet und auch literarisch ein gutes Team: Zusammen schreiben sie historische und zeitgenössische Kriminalromane. Gabriella Wollenhaupt arbeitet als Fernsehredakteurin und schon seit vielen Jahren außerdem als Autorin. Ihre schlagfertige Romanfigur Maria Grappa ermittelte bereits in mehr als zwanzig Fällen, zuletzt erschien *Grappa sieht rosa.* Friedemann Grenz ist Dozent der Literaturwissenschaft und Philosophie sowie freier Lektor. Das jüngste Buchprojekt der beiden gemeinsam trägt den Titel *Schöner Schlaf.*

www.gabriella-wollenhaupt.de

Nachdem die in Saarbrücken geborene Dipl. Betriebswirtin **Petra Würth** zwölf Jahre lang ihre Kreativität in der Werbung unter Beweis gestellt hatte, erschien 1998 ihr erster Roman *Unter Strom – Pia Petrys erster Fall.* 2005 und 2007 schrieb sie zusammen mit Jürgen Kehrer die Romane *Blutmond* und *Todeszauber,* in denen sich die Wege beider Hauptfiguren Pia Petry und Georg Wilsberg kreuzen – eine bis heute einzigartige Kooperation!

www.petrawuerth.de

**Jan Zweyer**, geboren 1953 in Frankfurt am Main und aufgewachsen in Bad Oeynhausen, studierte im Ruhrgebiet Architektur und Sozialwissenschaften und arbeitete zwischen den Studiengängen als Lohnschreiber bei der WAZ. Später war er viele Jahre in unterschiedlichen Funktionen für verschiedene Industrieunternehmen tätig. Heute ist er freier Schriftsteller und wohnt mit seiner Frau in Herne.

Zuletzt widmete er sich vor allem historischen Themen, so in der Goldstein-Trilogie *Franzosenliebchen, Goldfasan* und *Persilschein* und der fast wahren Geschichte eines Hochstaplers *Eine brillante Masche.*

www.jan-zweyer.de